観察対象の彼は
ヤンデレホテル王でした。

A y a & T o m o y a

秋桜ヒロロ

Hiroro Akizakura

EB

エタニティ文庫

目次

観察対象の彼はヤンデレホテル王でした。

第一章　ヤンデレ社長に囲われました!?

「あぁっ！　もうっ！　今日のレン様も最高にす・て・き」

うっとりと息を吐きながら、彩は身悶えた。頬はほんのり熱く、瞳は感極まって湧き出た涙で潤んでいる。

表情だけならばまるで恋する乙女といった具合の彼女だが、その手に持っているものはそれに似つかわしくないものだった。

望遠レンズのついた一眼レフカメラである。

彼女は自室の窓から向かいのマンションにそのレンズを向け、何度かシャッターを切った。

高い鼻梁に薄い唇。中性的で端整な顔立ちながら、輪郭はしっかりと男性のそれだ。黒檀のように艶めく髪の毛はさらさらと風になびいて光に溶けていく。

小気味のいいシャッター音を数度鳴らした後、彩は液晶モニターに映った一人の男性に頬を緩ませる。

そう、彼女、一ノ瀬彩はストーカーである。

自分では『彼の熱狂的なファン』と認識しているのだが、やっていることはストーカー行為そのものだ。相手の家に押しかけたり、情報を無理やり得たりしようとしないだけ、まだましなほうだと思っていただきたい。とはいえライフワークの盗撮も、立派な犯罪行為である。

そんな彼女のストーカー被害にあっているのは、向かいのマンションに住む男性だ。たまたま住んでいる部屋の階数が一緒なのをいいことに、彩は毎朝彼の様子をつぶさに観察し、隙あらば写真を撮っている。

「マジでレン様！　二・五次元！　いや、あの再現率は二・八次元レベル！　素敵すぎる!!」

興奮気味にそう言って、彩はカメラを抱きしめた。

レンというのは、彩が昔から愛読している少女漫画『初恋パレット』の蓬生レンというキャラクターのことである。ヒロインの五十嵐栞をヒーローと取り合い敗れる、いわゆる当て馬的なキャラクターなのだが、彩はヒーローより、ライバルキャラであるレンが昔から好きだった。ヒーローとは真逆で冷たく描かれている彼の、時折見せる柔らかな笑顔や、ヒロインのことを想って自ら身を引く潔さは、幼い頃の彩の胸に切なく鋭い棘を残した。

そのレンに彼がそっくりだったのである。

「はぁ。まったく、栞ちゃんがレン様を選ばないのが信じられないよ。レン様みたいな彼氏のほうが、絶対大切にしてくれるし、幸せになれるに決まっているのに！　これだから、恋愛初心者は……」

と言う彩の恋愛経験も豊富ではない。

今まで付き合ったことがある人は一人だけで、大学二年生の時だった。

相手は、元々友人で、はやし立てるような周りの雰囲気に流されて付き合い始めた。しかし、その付き合いは所詮友情の延長にしか過ぎず、別れるまでの一年間で二人は一度キスしただけ。なので、彼女も立派な恋愛初心者である。もちろん身体だって誰にも開いたことがない。

『初恋パレット』は結構な人気を誇る長寿漫画で、連載が終わったのち、実写映画やドラマにもなった作品なのだが、出演したどの俳優よりも彼のほうがレンにぴったりだった。

容姿もさることながら、どこか気品溢れる仕草がレンそのものだ。

「あっ！　もしかして今から着替え？　いやん」

語尾にハートマークがちらついているような声音で、彩は頬をぽっと熱くした。

もう一度カメラを構え直し、ふたたびレンズを彼の部屋に向ける。すると、向かいの彼はこちらを一瞬だけ見て唇の端を引き上げ、カーテンを勢いよく閉めてしまった。

「あー……惜しいっ！　でもまぁ、今日は素敵な横顔が撮れたしいいか」

弾けるような声で発した内容は、どこまでも犯罪めいている。

彩はカメラをしまうと、会社に出勤する準備を始めた。

肩より上で切りそろえた髪の毛に、大きな丸い瞳。一部の友人からは童顔とその髪形から『こけしちゃん』なんて揶揄されている彼女だが、二十六歳のれっきとした大人の女性である。

先ほどまでストーカー活動にいそしんでいたので、悠長にしている時間はない。彼女は手早く身支度をしながら、カーテンの向こうに消えた彼を思った。

「もしかしてさっき、目が合った？　……いや、まさかね」

カーテンの奥に消える前の彼の視線を思い出し、彩は少しだけ首をひねった。しかし、一方的に熱を上げているだけの彩を、彼が知っているはずがない。

そもそも知っていたら、今頃は警察沙汰になっているだろう。自分のしていることのやばさに関して、彩にもそれぐらいの自覚はあった。

時計を見れば、いつも家を出ている時刻を五分ほど過ぎている。

「あっ！　早くしないとレン様と同じ電車に乗れない!!」

焦ってそう言いながら、彩は今日も元気に出勤していくのだった。

「あぁあぁぁ!! 今朝の電車最高だったぁ!! 五メートル先にレン様! シトラス系の香りした! 絶対した!!」

「アンタいい加減にしないと、マジで警察に捕まるわよ……」

昼休憩に入ったばかりの会社の給湯室で悶絶する彩にそうツッコむのは、同僚である堂下香帆だ。モデルばりのスタイルで高身長の彼女は、先ほど淹れたばかりのコーヒーを片手に剣呑な声を出す。

「家では窓から覗きして、通勤時間は後をつけて……、相手だってそろそろ気づくんじゃないの?」

「今日は別に後をつけてないもん! たまたま同じ電車に乗っただけだもん!」

彩は頬を膨らませながらそう反論するが、香帆はその反論も頭痛の種だと言わんばかりに頭を抱えた。

「嘘つけ! 相手の出勤時間は把握しているんでしょう?」

「愚問を。私が把握してないと思った?」

恥じることなく、むしろ胸を張ってそう言う彩に香帆は反射的に声を上げる。

「そこで自慢げにする意味が分からないわよ! このストーカー女!!」

「えへへへ」

「喜ぶな！　この馬鹿！」

「わーい」

「……貶されて喜ぶなんて、アンタって相当Mっ気あるわよね」

呆れたのか、疲れたのか。香帆はがっくりと肩を落とし、一つため息を吐いた。

「アンタって、自分の願望に忠実っていうか、面白い人生を送るのに余念がないっていうか……。ほんっと自由人よねー。正直、羨ましいわ」

「そうかな？　自分ではよく分かんないんだけど、皆こんなもんじゃないの？」

「世界中がアンタみたいな人間ばっかりになったら、人類なんてすぐ滅亡するわ！」

香帆の言葉に彩は「なんで？」と首をかしげる。そんな彼女に香帆は半眼になり、やがて諦めたようにため息を一つ零した。

「というか、相手がどういう奴なのか分からないのに、よくそんなに熱上げられるわね。もしかしたら変な奴かもしれないわよ。人は見かけによらないんだから……」

「変な奴でも、あの見た目だけで百点満点！」

「……冷たい奴かもしれないわよ？」

「それでもいい!!　むしろ冷たいぐらいがレン様っぽくていい!!　最高！　つれなくされたほうが追いかけようって燃えるし、萌える!!」

香帆の言葉に、なぜかガッツポーズを掲げる彩である。

そんな彼女の言動に香帆は頬を引きつらせる。そうして、人差し指を彩の鼻先に押し付けながら、説教じみた声を出した。

「そんなに好きなら、そのハンカチを返すのを口実に連絡先を聞けばいいじゃない。そしたら連絡も取り放題よ。もしかしたら、これをきっかけに付き合えたりするかもしれないし」

香帆は鼻先に当てていた指先を、彩が大切に握りしめているチェック柄の上質そうなハンカチにスライドさせた。

それはかなり前、後をつけていた彩の目の前で彼が落としたものだった。

彩も拾った当初はちゃんと返そうと思っていた。しかし結局声をかける勇気が出ず、今ではお守りのように毎日持ち歩いてしまっている。そのハンカチからも、ほのかにシトラス系の香りが漂っていた。

「大丈夫！　大丈夫！　付き合いたいだなんてそんな分不相応(ぶんふそうおう)な望みは持ってないから！　私はただ、遠くからレン様を見守りたいだけだから！　レン様は生きていてくれればそれで！」

「アンタねぇ……」

「それにこのハンカチは返せないよ！　私の生活に欠かせないものになってしまったのさ！」

ふふふ、と頬を熱くしながらハンカチを胸に抱く彩に、香帆は「どうなっても知らないからね……」と小さく零した。

そんな馬鹿話をしていると、給湯室にまで大きな声が響いた。

「一ノ瀬ー！　どこだー！」

「……アンタ、課長に呼ばれているわよ」

「え？　今、昼休憩中だよね？　私なにか……あっ！　そういえば今日は午後から営業先についていく約束で、早めに休憩を切り上げなきゃいけないんだった……」

肩を一瞬びくつかせてから、彩はうなだれながらそう言った。

今日行く営業先は、最近ようやくアポイントを取りつけた、日本を代表する高級ホテルチェーンである。

彩たちが勤めているのは、空調やＬＥＤ、太陽光発電などの設備を扱う会社。先方には近々建設予定のホテルがあり、そこへの設備提案をしたいという話なのだ。

相手方の社長が直々に話を聞いてくれるらしく、忙しい相手に合わせて昼休憩の時間に会社を出る予定になっていた。

「……それにしても、課長ってアンタのこと気に入っているわよねぇ。営業先に誰かを同行させるとなったら、いつもアンタをご指名じゃない」

彼女たちの上司、堀内廉は三十五歳にして営業課長に抜擢され、いわゆるエリート街道を突っ走っている。

男らしい角ばった輪郭(りんかく)に、大きな体躯(たいく)。短く切りそろえられた髪形も、いわゆる運動部といった感じである。

性格は気さくで、部下の相談にも嫌な顔一つせずに乗ってくれる、まさに理想の上司だ。

「私ってこんなんだから文句とか、注文とか言いやすいんだと思うよー」

「それだけかしら?」

「それ以上になにがあるのさー」

含みのある言い方をした香帆を意に介さず、彩はのんびりとそう返す。

「こら、一ノ瀬! こんなところにいたのか! いい加減出発しないと遅れるぞ!」

給湯室の扉から顔を覗(のぞ)かせて堀内がそう声を張った。

彩は「はい! 今行きます!」と片手を上げる。

その瞬間、堀内の表情が少しだけ砕けた。

「早く準備しろよ! 俺は会社の前に車をまわしておくからな!」

「ありがとうございます! すぐ行きますね!」

「資料は?」

「ちゃんと準備しています! 任せてください!」

彩が自信満々に自身の胸を叩くと、堀内はふっと噴き出した。

そうして、彩の頭をぽんぽんと、まるで子供にするかのように撫でてくれる。

「一ノ瀬の資料は見やすいからな。期待してるぞ」

そんな言葉を残して、堀内は給湯室を後にする。

彼を追うように彩も、寄りかかっていたシンクの縁から身体を起こした。

「それじゃ、行ってくるね！　あぁ、でも、コーヒー淹れたばっかりだった……」

「私がアンタの代わりに飲んどくわよ。ほら、早く行かないと！」

「ありがとう！　んじゃ、いってきます！」

元気いっぱいにそう言いながら、彩は駆け足で給湯室から出ていく。

そんな彩のうしろ姿を眺めながら香帆は「鈍感ねぇ」と小さく零した。


それから一時間後、彩は営業先の社長室で、人生最大のピンチを迎えていた。

「社長の桑羽智也です。どうぞよろしくお願いします」

そう言って目の前で完璧スマイルを見せるのは、国内外の数多くのホテルを束ねる社長である。代々続く、由緒ある大企業の六代目。その経営手腕は最も優秀とされた初代に勝ると言われているほどだ。

そういうことに疎い彩でも、彼の名前ぐらいは聞いたことがある。

「堀内です。よろしくお願いします」

にこやかに挨拶をする堀内の隣で、彩は固まったまま動けなくなっていた。顔から血の気が引きつつも、彼から目を逸らすことはできない。

なぜなら桑羽智也と名乗ったその男は、彩のストーカー被害者、『レン様』だったのである。

光に透けるようなサラサラの髪の毛も、高い鼻梁も、切れ長の優しい目元も見慣れたもの。間違えようがない。

ついでに彼からは、彩が拾ったハンカチと同じシトラス系の香りがした。

（レ、レ、レ、レン様はホテル王なの？　でもなんで？　あのマンション、割と普通のマンションだよね？　私が住んでいるところよりは確かに家賃とか高いし、エントランスも豪華だけど、巨大企業の社長が住むようなマンションじゃないよね？）

まさかの出会いに小さく震える彩を、なにも知らない堀内が小さく小突く。

「こら、お前も挨拶！」

「あっ！　えっと、一ノ瀬彩です。よろしくお願いします」

「はい、よろしくお願いします」

にっこりと眩しいぐらいの笑みを見せながら桑羽は言う。その笑顔を浴びつつ、彩は必死で自分に言い聞かせた。

（うん。たぶん人違いだ。いつも観察してるリアルレン様に似ているけど、すっごく似ているけど、この人はきっとドッペルゲンガーかなにかなんだ。きっとそう！　……そういうことにしとこう！）

心の平穏のために……。

彩は密かに自分の腕をつねり上げ冷静さを取り戻し、自身が用意した資料と自社のパンフレットを桑羽に差し出す。

「こちらがわが社が紹介する商品と提案書です」

そう言った彩の頬には、冷や汗が伝っていた。

数時間後、彩は上機嫌で社長室を後にした。エントランスに向かう廊下を歩いているうちに、達成感が込み上げる。

桑羽へのプレゼンは思ったよりもうまくいった。

最初は緊張していた彩だったが、彼をドッペルゲンガーと思い込むことで徐々に落ち着きを取り戻し、いつものパフォーマンスをなんとか発揮することができた。

それを隣で聞いていた堀内も、桑羽も満足そうだったので、結果は上々と見ていいだろう。

「あー、緊張したぁ!!」

「お疲れさん。今日のプレゼンよかったぞ」

緊張の理由をプレゼンのせいだけだと思っている堀内は、にこにこと機嫌よく笑いながら彼女の背中を優しく叩く。

そんな堀内に、彩はへにゃりと疲れを前面に押し出したような笑みを向けた。

「そういえば、昼休憩の時間に出てきたから昼食が後回しになってたな！　今からなにか食いに行くか？　今日は俺がおごってやるぞ！」

「本当ですか？　それじゃ、焼き肉で！」

「……お前は少しぐらい遠慮しろ」

「えー、人のお金で食べる焼き肉は格別です！」

「焼き肉はまた今度連れてってやるから、今日は定食屋とかで我慢しとけ！　俺はこの後、顔見せに行かなきゃいけないところがあるんだよ。煙の臭い付けて行くわけにはいかないからな」

呆(あき)れたような声だが、それを言う彼の表情はどこまでも優しい。なぜか嬉しそうにも見えるぐらいだ。

その時、堀内の胸ポケットから電子音が鳴り響いた。

「ん？　電話だな。ちょっと先にロビー行っているぞ！」

営業先の廊下で堂々と会社からかかってきた電話を取るわけにもいかない堀内は、彼女を残して走り去る。

そして、堀内の背中が曲がり角の先に消えた直後、しっとりとした低音が彩の耳朶(じだ)を打った。

「一ノ瀬さん」

まるで一人になるのを見計らったかのようにかけられた声に振り向くと、そこには嫋(たお)やかな笑みをたたえた桑羽が立っていた。

「そういえば、君に言い忘れたことがありまして……」

「な、なんでしょうか？」

緊張で声が上ずる。

しかし、本来緊張する必要はないのだ。彼は彩のことを知らないはずだし、そもそも桑羽が本当にあの向かいのマンションの彼なのかさえも定かではない。

そう考えていた彼女の想いは、彼が耳元でささやいた一言で木っ端(こっぱ)みじんに粉砕される。

「今日は、いい写真が撮れましたか？」

その言葉に驚いて桑羽を見つめると、彼は昏(くら)い目を細めて黒く微笑んでいた。

「んで、ストーカーやめたの？」

「うん、もうさすがに怖くって!!　いつ警察来るのかな？　私、引っ越したほうがいい？　今までの行動がバレてたとか、申し訳なさすぎるんですけど!!」

衝撃の出来事から一週間、彩は仕事終わりの居酒屋で、テーブルに突っ伏しながら香帆にそう吐き出した。いつから気づかれていたのか、気づかれているのは盗撮だけなのか。分からないことだらけだが、ストーカー行為の一端がバレていたのは間違いない。

「アンタにも申し訳ないって気持ちがあるのね……」

目の前で酎ハイを傾ける香帆は、それ見たことかという顔をしている。

「もう一週間でしょ？　お情けで警察には通報しなかったんじゃないの？」

「そうなのかな？　だとしたら、ありがたいんだけど……」

「だけど？」

「ここ一週間、レン様不足でつらいー!!　あのアンニュイな寝起きの顔とか！　コーヒーを飲んでいる時の優雅な仕草とか！　シャワーを浴びた後の少し濡れた髪の毛とか!!　見たい！　もう一度この目で拝みたい！　撮りためていた写真を見ればレン様パワーをチャージできると思ってたけど無理だった！　苦しい！　死んじゃいそう!!　誰か！　誰か私に癒しをっ!!」

「アンタ、まだそんなこと言ってるの？　というか、これに懲りて写真も捨てなさいよ……」

頬を引きつらせて、香帆は呆れたようにそう零した。

あわや警察沙汰というところまできているにもかかわらず、暢気なものである。

彩はいまだに頭を抱えていやいやと横に振り、香帆は料理が零れないように慣れた様子で彼女のそばから皿をどかしていく。

「写真まで捨てたら死んじゃう自信がある！　あれほど精巧な三次元レン様を私は他に知らないもの！　あの写真はうちの家宝にする予定です!!」

「ワー、キモチワルイ」

「気持ち悪くてもいいもん!!」

テーブルに頭を打ち付けそうな勢いで彩は突っ伏した。

お酒の力も借りて、普段からおかしな人間が余計におかしくなっている。

「そんなに落ち込まないの。常に面白おかしく生きているのがアンタのいいところでしょう？」

香帆は枝豆を口に運びながら、どうでもよさそうに声を出した。

「ってか、世間って狭いのね。たまたまストーカーしていた相手が、営業先の社長とかすごい偶然じゃない？　……で、どうなのよ？　実際にレン様に会った感想は？」

「もう最高にレン様だった！　めっちゃかっこよかったし、ハンカチと同じシトラスのいい香りがした‼　……だけど、なんか想像してた感じの雰囲気じゃなかったんだよねー」

『今日は、いい写真が撮れましたか？』

そう言った彼の鈍く妖しい輝きを放つ瞳を思い出し、彩はぶるりと身体を震わせた。

底なし沼のような黒い瞳だけは、彼女の想像していたレン様像とはかけ離れていた。

「雰囲気？」

「いや、気のせいかもしれないんだけどね！」

自分の中の違和感の正体が掴めない彩は、困ったように笑った。

「でもさー、なんでレンさ……じゃなかった桑羽社長は、あんな庶民的なマンションに住んでいるんだろう。普通、社長って大きな一軒家に住んでいて、巨大で怖そうな犬とか飼って、外車に乗ったりするんじゃないの？」

「アンタ、社長ってものに対してすごい偏見を持ってるのね。別に社長って言ったってみんながみんなそういうわけじゃないでしょう？　それに、桑羽ホテル＆リゾートの会長は身内の教育に厳しいって有名みたいだし」

「そーなの？」

きょとんとした顔で目を瞬かせる彩に、香帆は一つ頷いてみせる。

「まぁ、私もテレビで観ただけなんだけどね。大学費用は自分で工面しろ！　大学を出たら親からの援助は期待するな！　会社には入れてやるが、他の新入社員と同じ扱いだ！　誰よりも実績を上げろ！　……って感じの怖い爺さんだったわよ。なんか去年ぐらいに亡くなって、今は新しい会長さんらしいんだけどね。でも、教育方針は一緒みたいよ？　期待に応えられないと、たとえ子供だろうが後は継がせないって話だし。現に今の社長って長男を差し置いて次男じゃなかった？」

「ほー……」

思わずまぬけな声が出てしまう彩である。

そんな彩に構わず、香帆は言葉を続けた。

「一般的なマンションなのも、電車通勤なのも、そういう教育方針で育ったからなんじゃない？」

「へぇー。レン様って、そんな過酷な環境下で社長になった人だったのかぁ」

熱を上げていた相手が想像以上の大物だったと知り、彩は少し呆けた。

高嶺の花、雲の上の人、別世界の住人、といった感じである。

「はぁ。そんな雲の上の人なら、話しかけられた時にツーショットだけでも頼めばよかったなぁ……。 いやもう、あの言葉言われた瞬間は血の気が失せてそれどころじゃなかったんだけど、今考えれば惜しいことしたよねー。 あれだけ精巧なレン様、もう二度とお目にかかれないかもしれないのにっ!!」

「アンタさ、さっきから桑羽社長にもう会わない前提で話しているけど、今週末また行かないといけないんじゃなかった? うちに任せてくれるかどうかの返事を聞きに」

その言葉に彩はガバッと顔を上げる。

一気に血の気が引いていき、顔が強張る。

「……そーだった……」

「あ、マジで忘れていたのね」

「あーもー! どうしよう! 行ったらきっと、おまわりさんが待っているんだ! それか弁護士さん!」

焦ったり、熱くなったり、呆けたり、また焦ったり。あの一件以来、彩に安息の時間はない。

「いーじゃない。次、会う時に頼んで撮ってもらったら? ツーショット」

「いや、一人で壁際に立たされて、囚人よろしくマグショット撮られちゃうよぉ!!」

「……日本にその制度はないわよ」

「香帆ちゃん、次の訪問同行代わって! お願いだからぁ!!」

縋(すが)りついた彩の腕を、香帆は面倒くさそうに振りほどく。

「嫌よ。アンタの自業自得なんだから、私を巻き込まないでちょうだい。それに、堀内課長だっていきなり相方変わったらがっかりするわよ」

「え、がっかり？　びっくりじゃなくて？」

「そ、がっかり」

その言葉に彩は首をひねり、香帆はため息を一つ零(こぼ)すのであった。

彩が香帆と酒を飲み、むせび泣いたその週の金曜日。彩と堀内はふたたび桑羽に会いに来ていた。

「堀内さん、一ノ瀬さん、お待ちしていました」

先週と同じ柔(やわ)らかな態度で、桑羽は二人に微笑みかけた。

彩は堀内のうしろに隠れながら、愛想笑いする。

小刻みに震えているのを、またもや緊張のせいだと勘違いした様子の堀内は、彼女にそっと耳打ちをした。

「おい、大丈夫か？」

「だ、大丈夫じゃないかもしれません。堀内課長、この後おそらく警察がどっとなだれ込んできますが、驚かないでくださいね。『不甲斐ない娘ですみません』。そう母に伝えてもらえますか？」

「意味が分からん。本当に大丈夫か、いちの……」

「先日の提案なのですが、社内の会議にかけましたところ二つほど要望が上がりまして……」

まるで二人の会話を強制終了させるかの如く、桑羽がそう言葉を発した。

彼の目は先ほどと変わらず優しげに細められているが、その奥の色がどうにも澱んでいるように見える。

彩は思わず身をすくめた。

（や、やばい！　無駄話してたから怒らせた？）

しかし、彩の心配は杞憂だったようで、桑羽は変わらない口調で淡々と話を進めていく。彩はその様子に、ほっと胸を撫で下ろした。

――きっと、彼は彩の色々な迷惑行為を水に流してくれたのだろう。

彼の態度を勝手にそう解釈して、焦る気持ちの片隅で興奮している自分がいた。一つのことに熱中すると周りが見えなくなる、つくづく厄介な性格である。

（懐の深いレン様、尊い！）

そうこうしている間に打ち合わせが終わり、後は挨拶を済ませて帰るだけになった。

扉に向かって歩き出そうと背中を向けた彩に、桑羽はどこまでも優しい声をかけた。

「一ノ瀬さん、よかったらこれをどうぞ」

そう言って彼は自社ホテルのパンフレットを彩に渡してきた。

「最近、このホテルを改装しましてね。女子会向けの部屋をいくつか作ってみたんです。よかったらお友達と泊まりに来てください。サービスしますから」

虫も殺さぬ顔。その言葉がぴったりとあてはまりそうな柔和な表情で、桑羽はそう言った。

そのパンフレットを受け取りながら、彩は胸を詰まらせる。

（レン様！　いや、桑羽社長！　めっちゃいい人!!）

次からは実務担当に業務を引き継ぐので、彩が桑羽に会うのはきっとこれが最後になるだろう。

致し方なくストーカーもやめてしまった今、彩と彼の接点はこれでもうなくなってしまう。

「絶対行かせてもらいますね！」

彩は少し感じた寂しさを吹き飛ばすように、そう元気よく返事をした。

堀内が運転する社用車の助手席で、彩はうっとりと桑羽からもらったパンフレットを見つめていた。パンフレットといっても二、三ページの薄いものではなく、二十ページ以上はありそうな厚手の冊子だ。表紙は箔押しで、相当お金がかかっていそうである。

そこにはホテルの居室情報はもちろんのこと、サービス内容、ホテルの中にあるショップや食事処等の情報が、所狭しと書いてあった。

見ているだけで、まるでそのホテルに泊まったかのような充実感を味わえる一冊だ。

「あんまり集中して読んでいると、酔うぞー」

「結構写真が多いんで大丈夫です。それにしても、すっごく豪華なホテルですー……。わ、このスイートルームなんて一泊二十万？　泊まってみたいけど、これはちょっと無理だなぁ……」

その冊子には桑羽が言っていたように『女子会をするための特別室』なるものも載っている。しかし、彩はその部屋よりも白と黒を基調とした高級感溢れるスイートルームの写真に目を奪われていた。シャワーはガラス張りだし、ベッドなんて見たことがない大きさである。

「このベッドで寝たら、気持ちよすぎて起き上がれなくなりそう！　うわ、この部屋グランドピアノまで置いてある！　スイートルームともなれば、頼んだら誰か弾きに来てくれるのかなぁ……」

「へぇ、そんなにすごいのか」

「すごいですよー！　次の信号のところで見せますね！」

運転中の堀内にそう声をかけ、彩は次のページを捲る。

その瞬間、思考が完全に停止した。

そのページはレストランを紹介していたのだが、写真の隣に黄色い付箋が貼られていたのだ。

そして、その付箋にはこう書かれていた。


『今晩、九時にこちらでお待ちしています。

もし、逃げようとした場合にはこちらにも考えがありますので、あしからず。　桑羽』

その明確な脅しに彩は息を呑み、一気に血の気が引いた。

「一ノ瀬、どうかしたのか？」

彩の様子に気づいた堀内がそう声をかけてくる。

彩は慌てて付箋をはぎ取ると、首をこれでもかというほど横に振って、ひっくり返ったような声を出した。

「な、な、なんでもないです！　お気になさらず運転に集中してくださいませです！」

「……なんでそんな喋り方なんだ」

堀内のその問いに彩は乾いた笑いを漏らすことしかできなかった。

「食事、気に入りませんか？」

「い、いえ。とても美味しゅうございます」

にっこりと微笑む桑羽に、強張る彩。

ホテルの最上階にあるレストランで、二人は向かい合って食事をとっていた。

といっても、手を動かしているのは桑羽のみで、彩はナイフとフォークを握りしめて固まっているだけだ。

二人の真横にある大きな窓からは、まばゆいばかりの夜景が見渡せる。しかし、夜景など見る余裕がない彩は目の前の桑羽をじっと見つめたまま、窺うような声を出した。

「あ、あの、一つお聞きしてもいいですか？」

「はい。なんでしょうか？」

「桑羽社長はなんで……」

「『社長』なんて堅苦しい呼び方はやめてください。今は『社長』としてお会いしているわけではありませんから」

桑羽はワインを傾けながらにっこりとそう言った。

「じゃあ、桑羽さん。なんで私を食事に……？」

どこからか警察や弁護士が飛び出てくるんじゃないかと警戒している彩は、周りをきょろきょろと見ながら尋ねた。

しかし、そんな彩の行動を裏切り、桑羽はあっさりと答える。

「一度、貴女と一緒に食事をしてみたいと思っただけですよ。他意はありません」

（う、うっそだぁ……）

彩は引きつった口元を手で覆いながら、身を震わせた。

『もし、逃げようとした場合にはこちらにも考えがありますので、あしからず』

そんな脅しの文句が書かれた付箋は今もポケットの中で眠っている。

（『考え』ってなんだろう……。もういっそのこと、怒鳴られたり詰め寄られたりしたほうが楽かも……）

真綿で首を絞められるような気分を味わいながら、彩は恐々と桑羽を眺める。

彼は指の先、いや爪の先端に至るまで、一分の隙もない洗練された動きで食事をとっている。一つ一つの仕草に特別な意味があるようなその動きを見ながら、彩はいつの間にかうっとりと息を吐き出してしまっていた。

「……私も貴女に質問してもいいですか？」

「は、はい。なんでしょうか？」

ぼーっと彼の仕草を見ていた彩は肩を跳ね上げて、弾かれるようにそう答えた。

「もう私の後をつけたりしないいんですか？　ここ何日間か、部屋を覗いてもいないようですし……」

その言葉に彩は固まった。額から、背中から、冷や汗が噴き出てきてどうしようもない。

（やばいこれは確実に訴えられるパターンのやつだ！）

彩はちぎれんばかりに首を横に振った。それはもう必死の形相で。

「もう後をつけません！　絶対にしません！　金輪際近づきませんし、なんなら引っ越しを考えているぐらいで！　本当に申し訳……」

言い終わる前に、彩のグラスになみなみとワインが注がれる。それを注いだのは目の前に座る桑羽だった。柔和な笑顔を顔に張り付けているが、雰囲気がどこか恐ろしい。

どろりと濁った瞳の色は、堀内との会話を止めてきた時のそれと同じだった。

背筋に冷や汗が伝う。自分の本能が『この男はやばい』と警鐘を鳴らす。

彩は慌てて立ち上がった。

「あの、私もう……」

「もしかして、俺の注いだお酒は飲めませんか？」

声色は甘ったるいのに、その表情は恐怖心を駆り立てた。一人称も、『私』から『俺』に変わっている。

蛇に睨まれた蛙のような心境で、彩はこれでもかと首を横に振った。

「飲みます！　飲ませていただきます！　そりゃあ、もう!!」

お酒に強いわけではないし、空きっ腹に酒を流し込めばどうなるかぐらいは理解していたつもりだけれど、彩にはそのお酒を断るという選択肢は残されていなかった。

　土砂降りの雨のような水音で彩は目を覚ました。寝ぼけ眼で見上げる先には知らない天井。首を傾ければ、自分が横になっているベッドが確認できた。

真っ白いシーツは肌触りがよく、ふかふかのマットレスは身体を優しく包む。さらに、絶え間なく耳朶を打つ水音が心地よくて彩を二度寝へと誘惑する。

（いやいや！　二度寝してる場合じゃない!!　……ここどこ？）

なけなしの理性で誘惑を跳ね返した彩は、ベッドからゆっくりと起き上がった。

頭がまだくらくらするし、正気を保っているとは言いがたい状況だったが、必死で目を擦り、状況を確かめていく。

（なんか、どっかで見たことがある部屋だな。どこだっけ。あのグランドピアノ、どこで見たんだっけ……）

彩は開け放たれた扉の先の部屋に見えるグランドピアノを眺める。

ダークブラウンの床に、シックな濃紺の壁紙、オレンジ色の暖かなルームランプが灯（とも）っている。

カーテンは閉まっているけれど、その隙間から満天の星が望める。

「そもそも私って、寝る前になにしていたんだっけ……？」

そうつぶやいた時、あんなにしていた水音がしなくなっていることにふと気がついた。

そもそもカーテンの隙間から覗（のぞ）く空からは雨は降っていない。

なんの音だったのかと、彩が顔を部屋の奥のほうに向けた時、ちょうど視線の先にある扉が開いた。

「あぁ、起きていましたか」

その言葉とともに寝室の室内灯がつけられる。

「……なんで……」

彩が思わずそう零（こぼ）してしまったのも無理はない。

そこには彼女の愛してやまないレン様が、上半身裸で首にタオルをかけた姿で立っていたのだ。

髪の毛は濡れて、ところどころ束になっている。

（やばい。めっちゃ尊い――!!）

「少し飲ませすぎましたね。大丈夫ですか？」

『水も滴るいい男』の代表のような姿でベッドの脇に腰かけたレン様は、いつもハンカチで親しんでいるシトラス系ではなく石鹸の香りがした。

（なんだかいつもと違う匂い……ん？　……いつもと違う？）

そこではたと思考が止まる。目の前にいる人は誰だ？

レン様は――そもそも本物のレン様は二次元の人物だ。彼の匂いなんて分からない。

そして、彩がストーキングしていた三次元レン様は桑羽社長である。桑羽社長とは仕事で二度ほど顔を合わせただけで、シャワー後の姿を拝むような間柄ではない。

なら、目の前で微笑む彼は誰だろうか……

三次元レン様、もとい桑羽社長のドッペルゲンガー……いや、これほど見目麗しい男性が、そうたくさんいるはずない。

彩は意を決し、自分が思い当たる中で一番可能性の高そうな人物の名前をつぶやいた。

「……桑羽……社長？」

確かめるようにそう言葉を吐いたところ、彼は片眉を上げて首を傾げる。

「どうかしましたか？　俺が誰だか分かりませんか？」

「……いや、やっぱりそうですか。すみません」

見れば見るほどレン様と瓜二つの容姿に見惚れながら、彩は深々と頭を下げた。

この状況を見るに、おそらく飲みすぎて寝てしまった自分を桑羽が手ずから介抱してくれたのだろう。それしかありえない。

彩は頭の中でそう結論づけた。

（……で、ここはあの冊子に載っていたスイートルームだ）

一泊二十万円。その数字が頭を駆け巡り、思わず身体がぐらついた。

ここの宿泊料金を払えと言われたら、なけなしの貯金を切り崩さないといけない。

血の気が引いた彩に、桑羽は優しげな声を出す。

「気分をよくして少し判断力を鈍らせるだけのつもりだったんですが、まさか眠らせてしまうとは……こちらこそ、すみませんでした」

「……ん？」

（今なんて？）

判断力を鈍らせるつもりだった。

その衝撃の一言に、彩は笑顔を顔に張り付けたまま首をひねった。

聞き間違いだろうか？　とも思ったのだが、聞き間違えるようなちょうどいい言葉も思いつかない。

とりあえず先ほどの言葉は一旦（いったん）置いておいて、彩は少しずつ現在の状況を確認していく。

ホテルで男女が二人きり。

さらに、ベッド脇の色男はシャワー済みである。

（これは……なんというか、ちょっとエッチな漫画でよく見るシチュ……！）

という、オタク的な妄想を今はしている場合ではない。

彼は眠りこけてしまった彩を仕方なくここへ運び込んでくれただけ、というオチだろう。とはいえ、この状況は誤解されかねない。自身の経営するホテルでこんなことをしている場面を従業員に見られでもしたら、彼に悪評が立つ可能性もある。

桑羽的にはよかれと思ってやったことかもしれないが、これは『酔った女をお持ち帰り』に見えなくもない状況だ。

（もう遅いかもしれないけど、早くここから出たほうがいいよね。こんなによくしてもらったのに、誤解されたら悪いし……）

「あの、私もう帰りますね。介抱までさせてしまって本当にすみま……」

「逃げるんですか？」

これ以上、迷惑をかける前に……。そう思って彩は立ち上がったのだが、桑羽はそんな彼女の腕を引き、無理やりベッドに座らせた。

そして、彩の前に立つと、彼女を見下ろしながら昏い目をわずかに細めた。

「逃がしませんよ」

（『逃がしませんよ』？　や、やっぱり盗撮とか色々していたこと、めっちゃ怒ってるんだ。そ、それはそうだよね、ここは誠心誠意謝らないと……っ！）

彩はベッドの上に慌てて正座し、勢いよく土下座をした。

「あ、あの、ほんと盗撮とか、追いかけていたのはすみませんでした！　つい、出来心というか……、桑羽さんがあまりにもレン様にそっくりだったもので……」

「レン様？」

一オクターブ低くなった声に彩は、上げかけていた頭を布団にめり込ませた。室温は適温に保たれているはずなのに、目の前の彼からは鳥肌が立ってしまうような冷気が漂ってくる。

「いやいやいや！　こっちの話です！　どうもすみませんでした!!」

（さらに怒らせちゃったよぉ！　怖い！　怖すぎるっ！）

「……つまり君は俺とその『レン様』とやらを重ねていたということですか？」

確かめるようなゆっくりとした口調で尋ねてきた桑羽に、彩はまぬけな声で答える。

「はい。まぁ……」

少しだけ顔を上げると、冷たい表情で桑羽がこちらを見下ろしていた。もうその口元に笑みは浮かんでいない。

「で、そのレン様とかいう、どこの馬の骨とも知れないコバエのような存在と付き合うことにでもなったので、俺は用済みということですか？　そうですよね。もう一週間以上姿を見せてくれませんでしたもんね」

（んんん？　馬の骨？　コバエ？　用済み？）

よく分からない単語の羅列（られつ）に、彩は固まったまま動けなくなる。

理解できているのは、彼が怒っているということだけ。

しかも、彩のストーカー行為に対して怒っているのではなさそうだ。

桑羽は先ほどまでの優しげな笑みを完全に収めてしまっていて、氷のような冷たい微笑を顔に張り付けていた。

「……あぁ、それとも、実際に会ってみたら想像と違っていて、もう俺に興味がなくなりましたか？　そのレン様とやらに俺の話し方や雰囲気が似てなかったから、だから君は……」

「ちょ、ちょっと、待ってください！　桑羽さんはレン様に激似です！　それは保証します！」

早口でまくしたて始めた桑羽に、彩は顔を上げて斜め上のフォローを入れる。

しかし桑羽の勢いは止まらないようで、彩に低く唸（うな）るような声を落とした。

「じゃあ、そのどこの馬の骨とも知れないコバエのような男と、やっぱり交際を……」

「それも違いますっ！」

なんでそこで怒るのかよく分からないまま、彩は視線を巡らせながら言葉を選ぶ。

「なんというか、レン様と付き合うとかそういうのはできなくて、ですね……。レン様は栞ちゃんのことが一生好きというか、そこに私の入り込む隙はない、みたいな話で。そもそも、まず次元が違うというか……」

「よく分かりませんが、つまり、君の恋は叶わないということですか?」

先ほどよりは優しくなった声色で、目の前の桑羽はそう聞いてくる。

彩は少しだけ考えた後、「……まぁ、そういうことですね」とだけ返した。

その瞬間、明らかに桑羽がまとっている空気が変わった。

「……それはよかったです。君に想い人がいるのは大変腹立たしいですが、俺に付け入る隙があるということなら、まぁ、よしとしましょう」

「よし?」

なにがどうして『よし』になるのか分からない。

彩が小首を傾げていると、桑羽は爽やかで穏やかな笑みを見せた。

「それに、相手を排除しなくて済みました」

「排除?」

日常生活ではまず使うことのない単語に彩はひっくり返ったような声を出す。

顔は穏やかだが、言っていることは物騒だ。

思わず身体を引いた彼女を安心させるように、桑羽はゆったりと微笑んだ。

「冗談――」

「ですよねー」

「では、ありませんよ？」

耳元でささやかれたその言葉に、思わず身体が跳ねる。

のけぞるようにうしろに手をついた彩の真横に、桑羽も手をついた。そして、鼻先がくっつくほどの至近距離まで顔を近づけてくる。

その顔は色香に満ち溢れていた。

「君に近づく男は誰であろうと排除するつもりですよ。それだけの人脈も財力もあると自負しています。究極の話ですが、この世界に俺と君の二人だけしかいなくなったら、君は俺を選ばざるをえないでしょう？」

冷たさの中に狂気が混じった声を聞きながら、彩はごくりと喉を鳴らした。

冷や汗を滲ませる彩の輪郭に、桑羽は自身の骨ばった指をそっと這わせる。

「本当にすべての男を消そうとは思っていませんよ？　けれど、それぐらいの気持ちだってことは理解しておいてください。俺は君と一緒にいるためなら人の一人や二人は躊躇いもなく消してみせます」

その消すという単語が『社会的に』なのか、『物理的に』なのかは分からない。けれど、本気になった彼はどちらでもやってしまいそうな、そんな雰囲気に包まれていた。

桑羽は輪郭を撫でていた指で彩の唇を触る。

「あ、あの……」

「もう当然、気づいていると思いますが、俺はどうしても君が欲しいんです」

「欲しい……？」

「そう、君が欲しいんです。突然でびっくりしたと思いますが、俺は本気で君が欲しい」

内臓を焦がすような低音が、耳に触れるか触れないかというところでじっとりと響いた。

その声に彩は身をすくめ、少し身体を引いてしまう。

彼がなにを言いたいのか、本気で分からない。

「逃れようとしたってダメですよ。今日、俺は多少強引な方法を使っても君を手に入れると決めているんです」

その言葉に彩は頬を熱くしながら首をひねった。

漫画の中のレン様は、正面から飛び掛かってくる肉食獣を思わせるが、目の前の彼は知略を巡らせて忍び寄り、食らいついたら離さない蛇のようだ。なんというか、自分に対する強い執着のようなものを感じる。とはいえ、彼に執着される理由に思い当たる節はない。

（いったいどうして……）

その時、彩の頭の豆電球が光る。そうして、ポンッと手を叩いた。

「欲しいとか、手に入れるとかって、それってもしかして……」

「はい、君の……」

「もしかして、……私のお金？」

「いりません」

目の前でぴしゃりとそうツッコまれ、彩はますます疑問符を頭に浮かべた。

桑羽は色香に満ちた笑みをスッと収め、まるでダメな子を見るような視線を彩に投げかける。

「……本気で分からないんですか？」

「すみません。とりあえず、後をつけまわしていた詫びを入れろってことですよね？　だからお金を……」

「違います」

桑羽の言葉に彩はさらに眉根を寄せた。『マジで？』という思いを込めて。

彩のその顔を見た瞬間、目の前の桑羽がふっと微笑んだ。

「君は俺の想像の上をいく人ですね。自由奔放で、自分に正直で……。一緒にいて、本当に飽きない」

困ったように微笑むその顔にどきりとした。こんな大人の男性を捕まえてどうかと思うのだが、『可愛い』なんて感想が湧いてきてしまう。

彩が彼に見惚れたまま口を半開きにしていると、彼はさらに接近してくる。すると、一層強く色香が滲む。

「ますます欲しくなりました」

「……お、お金？」

「だから違いますよ。君自身が欲しいんです」

「へ？　私自身？　はっ！　それは、私を警察に突き出すっていう……」

「……かなりはっきり言わないと、君には伝わらないようですね」

呆れたような口調の後、彩の目の前に桑羽の顔が迫る。

「抱かせてください、と言っているんです」

「は？　だく？」

「セックスさせてください」

「セッ……――!!」

さすがに意味が分かり、ひっくり返った声を出した後、彩は固まった。

そうして、みるみるうちに頬を熱くする。

「最初から心まで手に入れられるとは思っていませんよ？　なので、まずは身体から俺に落ちてください」

そう言って、桑羽は彩の肩を押した。

すると、彩の身体はいとも簡単に白いシーツに沈む。

見上げる先には半裸の色男。

落ちてきた髪の毛が顔に影を落とし、それがとてつもなく色っぽい。

「もちろん、心もいずれ手に入れますけどね」

（レ、レ、レン様がこんな間近に！　というか抱くって……って、もしかして、身体で落とし前付けろとか、そういうこと？）

貞操の危機にもかかわらず、彩の頭の中は混乱を通り越してお祭り騒ぎだった。

憧れのレン様の顔が至近距離にあること。そして突然、わが身に人生初の恋愛イベントが起きたこと。

知り合って間もない男性に押し倒されている状況だが、不思議と恐怖心はなかった。

彼とは、容姿だけなら一方的に遠くから眺め続けてきた歴史がある。

それに、恋や、こういう行為に対するほのかな憧れもあった。年齢も年齢なので早いところ処女を卒業したいと思っていたくらいだ。

加えてなにより、目の前の彼の自分を見る目が優しいから……物騒な台詞や鋭い視線はちょっと怖いけれど、激しく抵抗する気持ちはなかった。

そう考えるとたまらなくて、彩は不思議な幸福感に包まれる。

（まるで、レン様に想いを寄せられている栞ちゃんみたい……！）

暴れまわる心臓が出てこないように、彩は口元に手をやる。

そんな彩を見下ろしながら、桑羽はふっと小さく笑った。

「なにも怖がることはないですよ。君は俺に身を任せてくれれば大丈夫ですから。君は俺の容姿が気に入っているのでしょう？　顔でもどこでも眺めていてください。大丈夫です。丁寧に、大事に抱きますから、君は感じているだけで……」

その言葉とともに桑羽の顔が彩の首筋に埋まる。

その瞬間、彩の身体が跳ねた。

「ひゃっ……」

「いい声ですね」

湿っぽく響いた低音に、彩はさらに顔を熱くした。

しかし同時に思考をフル回転させる。

（ちょ、ちょっと待って！　なにこの美味しすぎる状況？　夢？　夢なのかな？　……っていうか、今日の下着どんなのだっけ？　上下揃ってた？　色は何色だった？　というか、そもそもレン様にこんな貧相な身体を見せてもいいのか？）

口元から自身の胸に手のひらをスライドさせながら、彩は顔を強張らせた。お世辞にも大きいとは言いがたい胸である。

「あ、あの、ちょっとっ！」

彩は焦ってそう口にしながら、両手で思いっきり目の前の彼を押す。しかし、そんな抵抗になど構わず、桑羽は彩の両手をいとも簡単にシーツに縫い付けた。

そして、自分の肩にかかっているタオルを、器用に彼女の手首に巻き付け始める。

「今更抵抗しても遅いですよ」

「いやいや、これは抵抗ではなくてですね!!」

彼は彩の腕を括ったタオルを手際よくベッドヘッドの柱に結び付ける。そして、彩に跨った状態でニヤリと口の端を上げた。

「あまり抵抗すると痛くしますからね」

そう言うや否や、するすると桑羽の指先が彩のシャツの隙間に侵入してくる。片手で器用にボタンを外し、指先一つで彩のブラジャーを上にずらした。すると、小さな赤い突起が二つ飛び出してくる。

「あぁっ！　ちょっ！　で、電気消してください！　あと、せめてお風呂に入りたい！　お酒たくさん飲んだし！　汗かいてるし!!」

彩が叫ぶと、彼は目を細めて黒い笑みを浮かべた。

「ダメです」

「なっ‼」

「電気を消したら君のよがる姿が見えないですし、シャワーを浴びているフリをして逃げられたら困りますからね」

「まぁ、逃げたところでまた捕まえますけど」と笑う桑羽を見ながら、彩は両手を思いっきり引っ張った。しかし、タオルは外れるどころか彼女の手首をきつく締めつけるばかりだ。

「それに、貴女の香りが薄れてしまったらと思うと、もったいなくて……」

彼女の耳のうしろに顔を寄せながら桑羽は喉の奥で笑う。

その様子に彩は羞恥で瞳を潤ませた。

「──っ！　へ、変態‼」

完全に自分を棚に上げた一言である。

しかし、桑羽はたいして気に留めていないようで、必死に身をよじる彩を見下ろしながら楽しそうだ。

「そうですね。なんだか、君のせいで新たな性癖に目覚めそうです。加虐心をそそられる、とでもいうのでしょうか」

彼はそう言いながら、恍惚とした表情を浮かべている。

仕事で最初に出会った時とは、もうほとんど別人だ。

彼は彩の赤い先端を指で弾(はじ)いてきた。その刺激に彩の身体は跳ねる。

「ひゃっ！」

「感度がいいようですね。いいことです」

手のひらで円を描くように彩の小さな突起を弄(もてあそ)び、そしてやわやわと胸を揉んでいく。

「んっんんっ」

ピリピリと走る電気のような刺激に、彩は目をつむって耐える。

すると、瞼(まぶた)に桑羽がキスを落としてきた。

「怖がることはないと言ったでしょう？　過去に君を抱いたどの男よりも気持ちよくしてあげますから、そんなに固くならないでください」

「そんなの無理……っ」

どの男よりも、って前例がないのだから不可能だ。身体の感度の良し悪しだって、よく分からない。そう説明しようとしたけれど、言わせてもらえなかった。

彼はこれ以上、彩の話は聞きたくないとばかりに胸の突起への刺激を一際強くする。

「俺なしじゃ生きられない身体に作り変えるのが、当面の目標ですからね」

恐ろしいことを平気で言う男である。

会話している間にも桑羽の手は、やわやわと彩の身体を撫(な)でる。

腰のあたりを触れるか触れないかの力で撫(な)でられて、彩の身体は簡単に跳ねてしまう。

「でも、俺も別に君を無理やり抱きたいわけじゃないんです。それだと強姦になってしまうでしょう？　そういう虚しい行為は最終手段にしか使いません」

背中に手をまわしながら桑羽はそうささやく。手首を拘束している時点で無理やりな行為だと思うのだが、彼の理屈では違うらしい。

「だから、今回はいちいち承諾を得ることにします」

「承諾？」

「ええ、ダメと言われたらその行為はしませんから、安心してください」

安心させるようにそう言いながらも、もうその手は彩の乳首を摘まみ上げている。抓ったり、引っ掻いたりしながら彩に快感を植え付けていく。

「あ、あぁっ、や……」

「それでは、キスをしませんか？　互いの舌を吸い合って、唾液を絡ませるようなキスを」

先ほどまで胸を触っていた親指を、今度は彩の口腔に侵入させる。そうして無理やり口を開かせ、彩の小さな舌を優しく引っ張った。

「こんな感じです。舌同士でしたら、もっと気持ちいいですよ？　どうですか？　気持ちいいこと、したいでしょう？」

その言葉に彩の下半身がぎゅっと収縮する。そうして気がつけば、彩はコクンと一つ頷いてしまっていた。

「いい子ですね」

「んっ、んんっ!!」

桑羽の綺麗な顔が間近に迫る。

唇が触れたと思ったら、いきなり舌が口腔内に侵入してきた。桑羽のぶ厚い舌は彩の小さな舌を丁寧に揉みしだいて、柔らかくしていく。

誘われるがままに桑羽の口腔に舌を入れると、途端に捕まり、宣言通りにじゅる、じゅる、といやらしい音を立てて舌を吸われてしまった。

「ん、んんぁ、んっ」

舌の根が引っ張られて苦しいのに、それでも桑羽はやめてくれない。

何度舌を引っ張り戻そうとしても無理だった。

結局、舌の感覚が鈍くなるまで入念に味わわれてから、ようやく解放された。

「次はどうしましょうか?」

肩で息をする彩を桑羽はまるで捕食者のように見つめる。

唾液のついた唇を親指で拭いながら、彼はなにかを思いついた様子で口の端を上げた。

「それなら、次はここを舐めてもいいですか?　小さく尖ったこの可愛らしい実を口に含んで歯を立てても?」

桑羽が言っているのは、もちろん乳首のことだ。

彩は必死に理性を奮い立たせ、イヤイヤと首を横に振る。

「ここはダメですか？　残念です」

まったく残念そうではない声色で桑羽はそう言う。

そして、長い指で彩の赤い実の周りをくるくるとなぞりだした。

乳輪と肌の境目を撫でているような感じだ。

「やっ、ぁっ、あぁっ」

桑羽の与えるゾクゾクとした刺激に、彩の身体が跳ねる。

彩はだんだんコントロールができなくなっていく自分自身に動揺を隠せないでいた。

(な、なんで、こんな風になるの⁉　これじゃ、私がえっちな子みたい！　経験ゼロなのに‼)

身体は勝手に反応するし、本当はこんな恥ずかしい声だって出したくはない。

しかし、そんな思いとは裏腹に、身体はとても刺激に素直だった。

「やぁっ、んんっ……」

彼は先ほどまで捏ねていた乳首を今度はわざと触らないようにし、むずむずとしたもどかしさを彩に与えていく。

「きっと君も気に入ると思ったんですが、本当に残念ですね」

そして、彼は最後の仕上げとばかりに、ふぅっと息を彼女の胸に吹きかけた。

生暖かい湿った呼気が産毛を撫でて、全身が震える。

「ぁっ」

「おや、こんなに大きく立ち上がって。本当はもっと刺激が欲しいんでしょう？　でも、あげませんよ。彩さんが嫌だと言ったんですから……」

響く低音と、いきなり名前を呼ばれたことに腰のあたりがぞくぞくする。

つんと上を向いた彼女の突起は、物欲しそうに桑羽を見上げていた。

（本当に触ってほしいみたい……。は、恥ずかしい……!!）

彩は自分の胸部から視線を逸らすと、ぎゅっと目を瞑った。

正直キャパが足りない。自分の身に起こっていることがなかなか受け止めきれない。

それでも彼の行為が嫌じゃないのは、どうしてだろうか……

「それでは次はここにしましょうか。彩さん、脚を舐めても？」

「あ、あし？」

急に持ち上げた膝に唇を寄せて、桑羽はチュッとストッキング越しにキスをした。ぞわぞわとした熱が全身に広がっていく。

「大丈夫です。嫌ならやめますよ」

どうしますか？　そう聞かれて、彩ははっと短く息を吐いた。

そして、小さく唇を噛んだ後、振り絞るように声を出した。

「く、桑羽さんの好きにしてください……」

「俺の好きにしていいんですか？　それなら是非、君の脚の隅々まで丁寧に舐めてキスを落としたいところですが……」

その言葉に彩は息を呑む。期待で震えそうになる脚をおさえるだけで精一杯だ。じわりじわりと追いつめてくる彼から視線を逸らした拍子に、生理的な涙がジワリと滲む。

「でも、俺は君の意見を尊重したいですからね。彩さんに決めてもらいたいんです」

つー、と桑羽の人差し指が彩の内腿を撫でる。

身体の中心に近いところまできて離れていくその指に、彩は切ない声を漏らした。

「あ……」

「あぁ、触ってほしかったんですか？　それともここにキスされることを想像しましたか？　彩さん、教えてください。君はどうしてほしいんですか？」

言葉責めにも程がある。

そう思う傍らで、耳に心地いい彼の声に身体を震わせている自分がいるのもまた事実なのだ。

彩は快楽に泣きそうになりながら懇願した。

「……舐めて……ください」

「どこを?」

「あ、し……っ!」

「合格です」

そしてその直後、桑羽は彩のストッキングをなんの躊躇いもなく破った。伝線どころの騒ぎではない大穴が内腿にあく。

「えぇっ!」

「大丈夫ですよ。ちゃんと弁償はします」

そんなことに驚いたわけではないのだが、桑羽は彩の反応を気にせずそこに舌を寄せた。

「ちょ、そこはっ!! 脚じゃなくてっ! ひゃっ」

「なにを言っているんですか? 内腿は立派な脚の一部ですよ?」

そう言いながら桑羽は秘所の手前に舌を這わせた。チロチロとくすぐられるように舐められたかと思ったら、今度はキスマークがつくほど強く吸われたりもする。

彩はそのたびに、あられもない声を上げるばかりだ。

太腿の内側から始まって、脚を上げられ臀部に近いところにも舌が這う。

膝頭にはキスを落とされ、歯形が付くほど噛みつかれた。

その痛みも、どうしようもなく甘く感じられてしまう。

下半身がどうしようもなくキュンキュンして、自分でも分かるほどに潤ってくる。

「あぁ、もうこんなに湿らせて、そんなに気持ちよかったですか？」

彩の下着に息がかかるほど顔を近づけて、桑羽はうっとりとそう言う。

「み、見ないでくださいっ！」

「手を触れることには許可を取りますが、視姦は別です。従えませんよ？」

余裕のない彩に対し、余裕綽々の桑羽である。

「そんなに切ないなら、ここも触ってあげましょうか？」

やっぱり桑羽は容赦なくそう聞いてくる。

『君のせいで新たな性癖に目覚めそうです。加虐心をそそられる、とでもいうのでしょうか』

そんなことを言っていたが、彼は真性のサディストのような気がしてならない。

彩は荒い息を吐き、桑羽をじっと睨みつけた。

「答えないなら、このままですよ」

「はぅっ。うぅっ、い、息、吹きかけないでっ！」

「ほら、こんなに物欲しそうにひくついていますよ？　本当は触ってほしいんじゃないですか？　君が触ってほしいと言うならば、君の中の一番いいところを俺が丁寧にさすってあげますすよ？」

「――っ！」

（レ、レン様と同じ顔で卑猥なこと言わないでー!!）

彩は色香を滲ませて笑う彼に、心の中でそう叫んだ。

漫画の中のレン様はヒロインのことを大切にして、触れるのを躊躇っていたところがあった。彼の女性に対する接し方は、まさにジェントルマン。

なのに、目の前の彼はどうだろうか。

レン様そのもの、という容姿を持ちながらその振る舞いは真逆と言っていい。エロ魔人だ。まさしく、ドSエロ魔人である。

（でも、そんなレン様も悪くないって思っちゃう自分が嫌だ!!）

馬鹿正直に反応してしまう身体がすべてを物語っているような気がする。

自分でも分かるぐらいに下半身が痙攣してどうしようもない。

とめどなく溢れてくる蜜が下着を濡らして、少し冷たいぐらいだ。

そのくせ身体の中心はどうしようもなく熱くなっている。

「も、げん、かい……」

甘ったるい声を出しながら彩は膝をすり合わせる。

その様子に、目の前の桑羽の表情が初めて変化した。

息を詰めて、彩の表情をじっと見つめる。

それから視線は彩の胸元を通り、下腹部にまで移動した。

「彩さん」

「お願い、も、ダメ。触って、ください……」

まるで差しだすように膝を少しだけ開く。

こんなはしたないことをするのは初めてだし、自分でもどうかしているとは思うのだが、熱がくすぶったままというのは耐えられない。

そんな彩の痴態を見て、桑羽の喉仏が上下した。

「それでは、遠慮なく」

桑羽は躊躇うことなくショーツの上から彩の秘所を撫でる。

円を描くように撫でられると、思わず腰が浮いた。

「いやらしい身体ですね。なにを期待しているんですか？」

指の腹が彩の下着を何度も擦る。

電気が走ったような快感が押し寄せてきて、彩の下腹部からはさらに蜜が零れ落ちた。

「彩さんは酷くされるのが好きなんですか？　こんなに濡らして、もうビショビショですよ」

「言わ、なくていい、ですっ！」

下着をずらして指が侵入してくる。その指は彼女の柔らかい肉を優しく引っ掻いた。

「うっ……ぁ……」

「こんなことで喜んでいてどうするんですか？　まだ指の一本も入っていませんよ」

桑羽は指の腹で襞を執拗になぞる。

最初はクチュクチュと可愛らしい音だったのが、しまいにはグチュグチュといういやらしい音に変わっていく。

「もう頃合いですかね。彩さん、入れますよ」

「あ、あぁっ……」

彼は自身の指に蜜を絡めるようにした後、ゆっくりとナカへ進ませた。

「初めては痛い」というのは友達からも、漫画などの二次元の世界でもよく聞く話だ。彼の指は逞しく長いし、本番行為ではなくても痛みを伴うだろうと予想していた。しかし今、彩の秘所はすんなりと彼の指を受け入れている。それどころか、侵入を喜んでさえいた。

グプリ、と音を立てながら彩の割れ目に桑羽の指が沈む。

ごつごつと節くれ立った指が彩の内壁を押し広げていくのが感じ取れて、彩の目尻に生理的な涙が浮かぶ。

「はっ、はっ、はぁん」

「はっ、狭いですね。でもこんなに濡れているなら二本目もいけそうだ」

「や、あっあぁっ！」

まだ慣らしてもいないのに桑羽は二本目を差し入れてくる。

倍になった質量が彩の息を詰まらせ、身体を強張らせた。

「苦しいですか？」

その問いに、彩は必死で首肯した。

桑羽を受け入れているところが今までにないぐらい広がっていて、裂けてしまいそうだ。

そのくせ愛液は潤沢に染み出てくる。

桑羽はゆっくりと指を抜く。その様子を感じ取って彩が安堵の息を吐いた時、彼は勢いをつけてその指を彼女の中に押し戻した。

「ふくぅっ……！」

彩が息を詰めると、桑羽はその指で彼女の内壁を擦り出した。

「あ、あぁっ！　やっ、動かさ……」

「動かさないとよくなりませんよ。ほら見てください。こんなに糸を引いていますす」

「やっ！」

割れ目から抜いた指を見せられて、彩はとっさに顔をそむけた。

あんなにてらてらとした粘り気のある液体が自分の中から溢れてきているなんて信じ

られない。

桑羽はもう一度中に指を埋めると、今度は激しく中を掻き混ぜ始めた。

粘り気のある水音が耳を犯す。

「ああ、あぁぁっ！」

「彩さん、気がついていますか？　もう三本も指が入っているんですよ」

「やぁ、しらな、ぁぁあっ！」

手首を固定しているタオルを掴みながら、嫌だ嫌だと首を横に振る。桑羽は熱い息を吐きながら指を引き抜く。

そして、脚を持ち上げ彼女の秘所に顔を寄せた。

「や、それはいやっ！　だめぇっ！」

「でも、きっと気持ちいいですよ？」

脚の間から顔を覗かせて、桑羽は首をひねる。

「こわぃ……」

「なにも怖いことはしません。気持ちよくなるだけです」

形のいい唇から、赤い舌が覗く。

そうして、そのまま舌で桑羽は秘所にある赤い実を一舐めした。

「――っ！」

身体の奥がぎゅっと縮み、ふたたび身体が跳ねた。

抵抗をしようにも、腕の拘束はまったく取れる気配がない。

桑羽も、太腿の間に顔を寄せたまま、少しもやめようとはしない。

柔らかい舌が無遠慮に中に入ってくる。指も容赦なく突き立てられていて、彩は頭がおかしくなりそうだった。

赤い実を吸われながら、指が中を押し広げていく。途中で中に空気が入ったのかゴポ、なんて音も出た。

「やぁ！　やだぁ!!　やっぱりやだ！　やめてください!!　汚いし！　おかしくなる!!」

脚をばたつかせて、そう抵抗する。

誰かにそんなところを舐められるなんて、初めての経験である。

ジワリと滲んだ涙が、とうとう頬を滑った。

「ダメです。一度、君が承諾したことでしょう？　俺はやめませんよ」

「やだぁっ！　嫌いっ！　桑羽さんなんて嫌いっ!!」

彩の『嫌い』という言葉に桑羽のこめかみがピクリと反応する。

そうして、まるで電池が切れたかのように彼の行動はぴたりと止まった。

桑羽が顔を上げる。その瞳は陰惨とした輝きを持っていて、恐ろしかった。

「今は嫌いでもいいですよ。そのうちに必ず心も手に入れます」

彩は涙で濡れた瞳で桑羽を見る。

彩の頬に手を這(は)わせながら、彼は苦しそうに息を吐いた。

「好きなんです。彩さん。最初に君を知った時からずっと……」

その言葉に、彩は我が耳を疑った。どこを確かめてもこの部屋には彩と桑羽以外誰もいない。

つまり彼の言う『彩さん』は、彩のことで間違いないだろう。でも、彼にそんな風に愛をささやかれるなんてありえない——

（あ、これ。夢だ）

彩は自分の身に起こった一連の出来事をそう解釈した。

まず、桑羽が自分を好きという事実が信じられない。

なぜなら、彼と彩はたった一週間前に対面したばかりなのだ。

桑羽が彩のことをそれより前から知っていたとして、自分をストーカーしていた女を普通は好きにならないだろう。たとえ普通に出会っていたとしても、こんなに容姿が整っている一流ホテルチェーンの社長が、友人たちに〝こけしちゃん〟なんて揶揄(やゆ)される女を好きになるはずがない。

こんなどこにでもいるＯＬに手を出すほど、彼は女に困ってはいないだろう。

遊びだとしてもありえない。

つまり、これはお酒が見せた都合のいい夢だ。

普段仕事を頑張っている自分に、神様がくれた贈り物なのかもしれない。

彩はそう結論付けた。

（ちょっと意地悪が過ぎるけど、もしかしてすごく素敵な夢を見ているんじゃ……）

なんと言っても相手はレン様に激似の桑羽だ。

夢だとしてもこんなチャンスは二度と訪れないだろう。

彩は頬を撫でる桑羽の手に顔をすり寄せた。

「彩さん？」

「あ、あの、そういうところを舐めるのは、ちゃんとお風呂に入ってからじゃないと嫌です」

夢だとしても声が上ずる。

そんな彩の声を聞いて、桑羽は本当に嬉しそうに唇の端を上げた。

「分かりました」

そう言って優しく唇を重ねた。

ちゅっちゅっと音を立てて何度か吸われて、彩も応えるように彼の上唇と下唇を交互に吸った。

経験はないが、こちとら成人向け二次創作も守備範囲のオタクである。こういう場面で、どう振る舞えばよいかは知っていた。憧れのレン様と、今こそ実践の時だ。

その行為に桑羽は少し驚いたように目を見張る。

「へ、下手でした？」

「いいえ。応えてくれたのが嬉しかったんです。……強引に事を進めている自覚はありましたから」

その弱々しい声に彩は少し視線をさまよわせた後、窺うような声を出した。

「もしかして、やめますか？」

「やめるわけがありませんよ」

そう言って、彼は雄々しく立ち上がった剛柱を自らのズボンから取り出した。

その大きさに、彩は息を詰める。

（こ、こんなに大きいの入るの？　夢だから入るの？　一種の凶器なんですけど、アレ……）

彩は思わず身を震わせた。

「言ったでしょう。多少強引な方法でも、君を手に入れると」

話しながら、素早くゴムを取り出し、封を開ける。

手慣れた感じで自身につけながら、彼は唇の端を上げた。

「本当はこんなものつけずに、君の中を俺の精液でいっぱいにしたいところなんですが、それだと篭絡（ろうらく）する前に子供ができてしまいそうですからね」

彼は肉根の先で彩の割れ目をなぞる。

柔肉が徐々に開いて、彼の雄を受け入れていく。

「はっ、あっ、あっ、あぁっ……」

「あぁ、でも、君と俺との子供なら本当に可愛いでしょうね。早く作りたいです」

ゆっくりと腰を動かしながら、彼は恍惚（こうこつ）とした表情でそう言った。

膝（ひざ）の裏を支えられ、あられもない姿をさらしているのに、夢の中だからか彩は状況を自然と受け入れている。しかし、かなり痛い。感覚だけが妙にリアルだった。

まだ半分も入っていないのに、うまく息ができない。

はくはくと口を動かしたところ、唇も呼気も桑羽に持っていかれる。

「あぁ、きついですね。でも、とても熱くて気持ちいいです」

腰を進めながら、桑羽が笑う。

その微笑みはどこからどう見てもレン様そのもので、彩はうっとりと見上げながら無意識につぶやいた。

「……レン様」

その瞬間、桑羽の顔から表情が消える。

夢の中だとしてもさすがに失言だったと思い、彩はハッとした。

枕を交わしている最中に他の男の名前を呼ぶというのは、デリカシーに欠けすぎている。たとえその相手が二次元だとしても、だ。

無表情になった桑羽は自分のモノを彩の中からゆっくりと抜く。その感じがたまらなく切なくて、彩は声を漏らした。

「あ……んん……」

（怒らせちゃったから、これで終わり……なのかな？）

少しもったいなく感じていると、桑羽は彩の腰を先ほどよりもしっかりと掴んだ。そうして、一度抜いたそれを、一気に押し入れた。

「はひぁっ――!!」

グチュッン、という水音とともに、肌同士がぶつかり合う音が響いた。

目の前が一瞬真っ白に染まる。

先ほどまでの優しさや気遣いなどない勢いで、桑羽は容赦なく最奥を抉る。

何度も何度も執拗に桑羽は腰を振った。

「あ、あ、あっ!!　もう、あんっ!!」

「とり、あえず、その男を、忘れさせてあげますね」

リズミカルに腰を打ち付けながら、桑羽がそう言う。その声は地を這うように低い。

「や、やだ!! いた……いっ! んんっ!」

彩の言葉を遮るように桑羽は唇を落として、胸を揉む。

腰の勢いは止まらぬまま、力強く彩を突き上げる。

「次、俺の前でその男の名前を口にしたら、もっと痛く、酷くしますからね」

乳首を摘まみ上げられながらそう言われて、彩は必死に首を振って了解の意を伝えようとした。

突き上げられて、呼吸が上がり、頭が熱さにボーッとする。

「くわ、ば、さ……、もう……」

潤んだ瞳でもう限界だと訴えると、彼はニヤリといやらしく笑った。

「智也、ですよ」

「え、なん……ん、んんー!」

彼の抽送が急に速度を落とした。

先ほどまで弾けそうなぐらいまで高まっていた熱が、少しずつしぼんでいく。

半分だけ中に埋まった状態で桑羽は腰を止め、妖しく微笑んだ。

「彩さん、『トモヤ』です。ほら言ってみてください。じゃないと、このまま動きませんよ?」

このままお預けは嫌だと、彩は震える唇を必死に動かす。

「とも、や、さん?」

「はい。いい子ですね」

その瞬間、彼の淫棒が一気に押し入ってきた。

「――あぁあぁっ!!」

その瞬間、彩の中でなにかが弾けた。

今まで感じたことのない大きな快感に、身体がのけぞった。足がピン、と張り詰める。急激に疲労感が押し寄せ、身体の向きを変えるのさえ億劫に感じる。それなのに、どこか満たされたような心地いい疲れで、ずっとこの余韻が続いてほしいような気がしてしまう。

しかし、そんなことを考えていられたのも束の間、彩の快感の波が引かないうちに、桑羽はまた腰を動かし始めた。

「彩さん、可愛いですよ。本当に、もう逃がしてあげられそうにないです」

「や、あぁ、あ、あ、あっ！」

「絶対に、逃がしませんからね。逃げても、地の果てまで追いまわして必ず捕まえてみせます」

「あ、あ、あぁ、ぁんっ！」

嬌声を上げる彩に、逃がさないと宣言する桑羽。

彼は腰の動きを緩め、彩の唇についばむようなキスを落とした。

「彩さん、逃げないと誓ってください。そうしたら、あと二回で今日は終わってあげます」

「に、二回？」

「言わないのなら、言うまで離しませんからね」

まだ桑羽がイっていないということは、まだ一回も終わっていないということだ。彩はこれから自分の身に起こることを想像して、身体を震わせた。

「に、逃げません!! だから、もうこれで……」

「確かに聞きました。では……あと二回です」

そう言って彼はふたたび腰を動かし始め、きっちり合計二回、ゴム越しの彼女の中に白濁を放った。


彼に翻弄され意識を手放した彩は、お肉が焼けるような香ばしい香りで目を覚ました。身体を起こし部屋を見渡せば、夢に見たのと同じスイートルームが目に飛び込んでくる。

視線を巡らせていると途端に夢の記憶が蘇り、彩は唸りながら天を仰いだ。

（えぇ？ もしかしてまだ夢の続き見ているのかな？ もういい！ お腹いっぱい!! お腹すいたけど、お腹いっぱい!! ……早く起きないと!!）

彩は頬を抓る。すると、夢ではない現実の痛みが彼女を襲った。

「え、痛い？　なんで？　……もしかして、夢じゃないの……？」

そう零しながら彩は自分の姿を確かめた。

ホテルのものだろう部屋着もちゃんと着ているし、下着も穿いている。

誰かと身体を重ねたにしては肌もすっきりとしていた。

シーツだってあんなに熱い夜を過ごしたとは思えないほど、のりが利いている。

「うん。やっぱり夢だわ」

同じホテルに泊まっているということはすべてが夢というわけではないのだろうけれど、それでも桑羽と一夜を共にしたというのは夢以外の何物でもないだろう。

（まぁ、当然だよね！　なんかいい夢を見させてもらったわー。どうせ夢なら、もっと優しく抱かれたかったけど！　でも、結局どこからが夢だったんだろう……？）

そんな風に暢気に考えていた時、聞き覚えのある低い声が耳朶を打った。

「おはようございます。よく寝ていましたね。朝食にしますか？　いえ、時間からいって昼食でしょうか」

「く、桑羽さん!?」

ここにいるのがさも当然のような様子で現れた彼を見て、彩は腰が抜けそうになった。

先ほど目覚めた時、この部屋に泊まっているということは、おそらく桑羽が連れてきてくれたのだろうとは推測していた。しかし、まさか今も彼がいるとは思わなかった。

昨晩の彩の泥酔状態が酷すぎて、一晩中介抱してくれたのだろうか。

頭の中であれこれ考えるものの考えがまとまらず、ただ口をぱくぱくさせることしかできない。

「おはようございます。昨晩の貴女も素敵でしたが、寝起きも可愛いですね」

情事をほのめかすことを言われて、彩はもはやパニックに陥った。

(昨晩、って……あの、とんでもない情事は絶対に夢だと思うんだけど、どこからどこまでが現実なの!?)

聞きたいけれど、絶対に聞けない。聞けば、昨晩自分が見たとんでもなくいやらしい夢の内容を彼に話さなければならない。

進退窮まった状態で呆然としていると、彩の腹の虫がふたたび騒ぎ出した。

(とりあえず、お腹を満たしてから考えよう)

「……桑羽さん、お食事いただきます」

すべての思考を放棄した彩は、簡潔にそうつぶやいた。

「なにこれ、めっちゃ美味しい！　すごい！　これ本当にサンドイッチ？」

「軽食なんですが、喜んでもらえてなによりです」

ベッドの脇に用意されたサンドイッチとベーコンエッグを食べながら、彩は眦を下げた。

パンは普段食べているものよりもバターの甘みが強いし、野菜だって新鮮そのものだ。目玉焼きの黄身を潰せば、柔らかいベーコンにとろりと黄色い液体が広がっていく。

（桑羽さんは優しいなぁ。酔っぱらった私を介抱してくれただけじゃなくって、こんなに美味しいごはんを食べさせてくれるんだもんなぁ。……でも、なんでベッドから出たらいけないんだろう？）

——最初、彩は当然リビングで食事をする気満々でいた。

こんなにいいホテルなのだ。もちろんリビングも寝室とは別にある。

しかし、そんな彼女に桑羽は……

『うまく歩けるかどうか分かりませんし、しばらくは大事を取ってベッドの上で過ごしてください』

と、彼女を病人扱いするのだ。

（もしかして、酷い二日酔いだと思っているのかなぁ。お酒は別に強いほうじゃないけど、翌日には持ち越さないタイプなのに……。……酷く酔っていたせいで、エッチな夢は見ちゃったけど……）

夢の中の桑羽を思い出して、彩は頬を熱くした。夢の中の彼は強引で意地悪だったが、思い返してみればああいうのも悪くはないと思う。

隣に座る桑羽は、幸せそうに食事をする彩を見ながら、頬を緩ませていた。

彼は先ほどからコーヒーにしか口をつけていない。

「あの、桑羽さんは食べないんですか？」

「起き抜けはあまり食べられないんですよ。朝はほとんどコーヒーだけで済ませてしまいます。彩さんは気にせず食べてくださいね」

その言葉に彩は、盗撮を繰り返していた頃を思い出す。確かに、彼が朝食を食べるところを彩は見たことがなかった。

「でも、少しぐらいお腹に入れないと元気出ませんよ？」

そう言いながら彩はサンドイッチを一つ彼に差し出した。

桑羽は驚いたような顔でサンドイッチと彩を見比べ、「いや……」と渋るような声を出す。

そんな彼の口に彩はサンドイッチを突っ込んだ。むぐっという声とともに彼が目を見張る。

「わがまま言ったらダメです。それに、時間的にはもうお昼じゃないですか！　このままだったら今日は一食になっちゃいますよ？」

彩はサンドイッチをもう一つ摘まみ上げ、今度は自分で頬張った。

「それに、こんなに美味しいごはんなんですから、一人で食べるのはもったいないですし！　あ、もう一つ食べます？」

「いや、一つで十分です」

桑羽は先ほど口に突っ込まれたサンドイッチを、しぶしぶといった感じで食べる。

そして、彼が食べきったところを見届けてから、彩は『よくできました』という気持ちでにっこりと笑った。

「……君はつくづく、俺の想像の範疇に収まらない人ですね」

「え？」

「俺にこういうことをしてきた女性は君が初めてですよ」

呆れたような、それでいて優しい視線を向けられて、彩は思わず首をひねった。

「なんか、桑羽さんの周りは変わった人が多かったんですね」

「違いますよ。君が変わっているんです。……それよりも、なんで呼び方が『桑羽さん』に戻っているんですか？　昨日散々教え込んだと思うんですが……」

急にじっとりとした視線を向けられて彩は焦った。口に入ったものを慌てて呑み込み、昨日の記憶をさらっていく。

（えっと、なんて呼んでいたっけ。いや、夢の中では散々『智也さん』って呼んでいたけど、さすがにそれは失礼すぎるしなぁ。なんて呼んだかなぁ）

「彩さん？」

まさか覚えていないんですか？　と言いたげな視線を向けながら、桑羽の声は低くなる。

ついさっきまでの柔和な態度から一転、瞬き一つでお仕置きモードだ。

彩はその声に身体を震わせ、額に汗を滲ませながら声を出した。

「えっと、くわ……」

「はい？」

「……智也、さん？」

「よくできました」

まるで子供のように頭を撫でられた。

彩は撫でられるままに頭をグラグラと揺らしながら、ベーコンを頬張った。


彩が食事を終えると、もう時刻は十三時をまわっていた。

「そろそろ足腰もなんとかなってきたと思いますし、今からどこかへ行きますか？　このまま部屋の中で過ごしてもいいですし……」

二人で過ごすのが決定事項だというように桑羽はそう口にする。

それに彩はぶんぶんと首を横に振った。

「あ、あの、帰ります！　昨日今日と、色々ありがとうございました！」

「……帰る？」

確かめるようにそうつぶやいて、桑羽は自身の腕時計を見下ろした。

「いいですよ。帰りましょうか。私たちの家に……」

「私たち？」

「はい、私たちの家に……」

にっこりと微笑んだ顔はとても爽やかだったのに、彩はその顔になぜか背筋が震えた。


そうして彩が連れてこられたのは知らないマンションだった。

いつも盗撮している桑羽のものでも、もちろん彩のものでもない、背の高い、ひと目で高級だと分かるマンションだ。おそらく四十階くらいあるだろう。

一階にはコンシェルジュが常駐しているし、マンションの中にスポーツジムやプールが併設されている。

そのマンションの最上階に通されて、彩は困惑した顔で桑羽を見上げた。

「あの、智也さん、ここは……？」

「ここですか？　ここは私たちの新居ですよ。今まで住んでいたところに二人で住むのは手狭だったので、別に契約をしたんです。親からもそろそろセキュリティの高いマンションに引っ越せと言われていましたからね。いい機会でした。もちろん彩さんの荷物ももうこちらに移動させていますので、心配はいりませんよ？　ちなみに、君が住んでいたマンションはもう解約していますので、戻っても君は住めませんからあしからず」

「んんん？」

状況が呑み込めず、彩は首をひねる。すると、隣に立っていた桑羽が彩の耳元に顔を寄せて、内臓の奥底まで響くような声を出した。

「……逃がさないと言ったでしょう？」

『絶対に、逃がしませんからね』

『彩さん、逃げないと誓ってください。そうしたら、あと二回で今日は終わってあげます』

その瞬間、昨夜の桑羽の言葉が脳を揺らした。

そして同時に、腰を打ち付けながら恍惚とした表情で笑う桑羽が脳内再生される。

「え？　あれって夢なんじゃ……」

「あぁ、夢だと思っていたんですか？　道理で言動が変だと思いました」

合点がいったというような声を出す桑羽から、彩はじりじりと距離を取った。

「え？　だって、シーツとか洗いたてって感じだったし、身体も綺麗に……」

「一応、ホテルを経営している身ですからね。ベッドメイキングの心得はありますよ。君の身体が綺麗だったのは俺が丁寧に拭いたからです」

「え？　全身？」

「はい。全身、隅々まで」

桑羽の言葉に彩は全身から火を噴きそうになる。

「え、じゃあ、本当に私と智也さんって……」

「昨夜のこと、無理やり、思い出させてあげましょうか？」

仄暗い笑みに彩は背筋を凍らせた。

第二章　三食・昼寝・手錠付きの同棲生活

彩はだだっ広い部屋の入り口で呆然としていた。

たった一室なのに、彩が住んでいた１ＬＤＫのすべての部屋を合わせたより広い。

天井にはオシャレな吊り下がりの照明。フローリングの上には毛の長い高級そうな絨毯。

ソファもテーブルも一目で特注品と分かる。一部屋分ぐらいありそうなウォークインクローゼットには彩がいつも着ているくたびれたファストファッションたちが申し訳なさそうにかかっていた。

彩は部屋を見渡して頬を引きつらせた。

「あの、智也さん。これは……？」

「彩さんの部屋ですよ？」

「いえ、そっちじゃなくて、そっちもなんですけど、……これは？」

彩は右手を上げる。そこには手錠がはめられていた。この部屋に入ると同時に、問答無用で桑羽にはめられたものである。

とんでもなく長い鎖はソファの脚に固定されていた。

「手より足のほうがよかったですか？　歩きにくいのは可哀想だと思ったんですが……」

「手錠をはめられること自体は『可哀想』ではないんですか？」

「だって、逃げるでしょう？　こうでもしないと」

「いや……」

確かに逃げないと言い切る自信はない。

突然、食事に誘われたかと思えば、意図的に泥酔させられ。

その日のうちに処女を奪われたかと思えば、二度目も三度目も続けて奪われ。

そうして翌日には住んでいたマンションを奪われ、今度は自由を奪われそうになっているのだ。

どれだけ相手の顔面が憧れの人そっくりでも、さすがにこれは引いてしまう。

（というか、知らないうちに処女喪失していたのよね。しかも、ハードモードで……）

正確には『知らないうち』ではないのだが、あの時は夢だと思っていたこともあり、現実味が薄かった。

大学生時代に彼氏がいたことはあったが、彼と彩は身体の関係を持っていなかった。なので、昨夜のことが彼女にとってのハジメテということになる。ハジメテを、手首を固定されたままで、あんな強引に進められるとは思ってもみなかった。

しかも、三戦連続。

ハードモードもハードモードだ。

そうして、さらにハードな展開が今ここにある。

「さすがにこれは犯罪臭がすごい……」

腕についている鎖を見ながら彩は青ざめた。

自分が行(おこな)っていた覗(のぞ)き及び盗撮行為が可愛いものに思えるほどの犯罪が、今ここで行(おこな)われようとしている。

「智也さん、これはさすがに拉致監禁ではないですか？」

「そうですが、なにか？」

はっきりと肯定されて彩は顔を強張(こわば)らせた。

彼の綺麗(きれい)な顔が、より一層の恐ろしさを引き立てる。

彩もたいがい変な女だが、その変な女を囲い込もうとする彼はそれ以上に変な男に見えた。

あまりにも急な展開で状況が呑み込めないものの、桑羽がマジだということはうっすらと理解できてきた。おそらく彼は、やると言ったら本当にやる。

自分の部屋を覗(のぞ)いていたおかしな女を観察してみたいとか、そういう心理なのだろうか。よく分からないけれど、とにかく今の彼は彩に対して強い執着心を持ち、自分の手元に置こうとしている。

このままだと本当に自分は、彼とこの超豪華マンションで暮らすことになるのだろう。

(ここで寝て起きてごはんを食べて、多分気ままに外出はできないんだろうなぁ)

身の危険が迫っている割に暢気(のんき)だが、内心は少し引いてしまっている。

しかし言葉を初めて交わしたのはつい最近であっても、桑羽はずっと知っている相手。恐怖心はあまりなかった。

そんな風にして、これから始まる奇妙な生活を想像した彩の頭に、ふと疑問が浮かんだ。

「この部屋にはベッドがないんですが……」

「当たり前ですよ。寝室は別ですから」

「シングルベッド……?」

「まさか! 二人で寝るのにシングルは狭いですよ。キングサイズを用意しています」

さらりとそう言って彼は機嫌のいい笑みを見せた。

「どれだけ激しく暴れても平気ですからね」

夜の行為を思わせるような声色に、彩の全身は粟立った。

そうして、昨夜の情事を思い出して、身体が火照りだす。

（逃げなきゃ……っ!!）

なにがどうしてかはさっぱり分からないが、彼は彩のことを本気で自分のものにする気でいるらしい。

彼といれば何不自由ない生活が送れるだろう。

しかし、その代わりに失うのは自由と人権だ。

桑羽は、顔はレン様にそっくりだし、優しいし、尊敬できる。彩に対する変態的な執着を除けば、彼氏としてパーフェクトだろう。

しかし、パーフェクトすぎて、彼がどうしてそんなに彩に執着するのか分からない。

相手は女などより取り見取りのスペックを有しているのだ。仮に今、一時的に彩を気に入っていたとしても、その気持ちが続くとは到底思えない。

いつ飽きられるのか分からない中で、彩は彼の寵愛を受ける気にはなれないのだ。

幸いなことに今日は土曜日で、月曜日まではあと二日ある。

（ここから出たら、香帆ちゃんのところにお世話になろう！　何度か泊まりに行ってい

るし、大丈夫だよね‼)

彩は自分の決意に自分で頷いた。

そして、目の前の彼に猫なで声を出す。生まれて初めての猫なで声だ。

「あ、あの、智也さん」

「なんですか、彩さん」

「えっと、一緒にお出かけしたいです!」

満面の笑みでそう言ったところ、彼も爽やかな笑顔を返してくれる。

さすがに外で手錠付きで歩きまわらせたりはしないだろう。そう考えての作戦だ。

「いいですよ。では、準備をしましょうか」

そんな彩の気持ちを知ってか知らずか、桑羽は笑顔のまま首肯した。

「あの、智也さん。これは……?」

街中で先ほどとまったく同じ台詞を吐きながら、彩は桑羽と繋いでいる右手を上げた。

一見、二人は手を繋いでいるだけに見えるのだが、彩の小指には変わった指輪がはまっている。そして、桑羽の小指にも。

そして、二人の手の中にはその指輪から延びた鎖が収まっている。

「彩さんのために特注で作らせたんです。一見、普通の指輪にしか見えないでしょう?」

「どうしよう。まったく嬉しくない!!」

思わずそう言い放ってしまう彩である。

少なくとも『君のために作らせたんだ』という台詞はもっと別のところで聞きたかった。特注品のこの指輪は、一度はめたら簡単には抜けない。リングの内側に強力な滑り止めが仕込まれているとかなんとか……家を出る前に桑羽が自慢げに説明してくれたが、彩は途中で聞くのを放棄したのでよく覚えていなかった。ためしに思いっきり引っ張ってみたがびくともせず、彼が言っていることは本当なのだとだけ理解した。やっぱり、彼はやると言ったらやる男である。

「こんなところで逃げられたら、今までの下準備が台無しですからね。大変だったんですよ？　この指輪もそうですが、部屋や手錠、その他もろもろ準備しましたからね」

その台詞に、もういっそのこと桑羽を連れたまま警察に逃げ込んでやろうかと思ってしまう。証拠など、この指輪で十分だ。

しかし、その決断を実行に移せないのは、彩も桑羽のことを憎からず思っているからだった。

なんてったって、もう一年以上もストーカーをしていた相手である。

(それにしても、いつからこの拉致監禁計画を立てていたの……？　顔も容姿も性格もいいのに!!　……残念!!)

ぐっと下唇を噛みしめた後、彩は切り替えるように頭を振った。

（とにかく、隙を見て逃げ出さないと！）

彩がそう決意を固めると同時に、桑羽が口を開く。

「それでは、どこから見てまわりましょうか？」

——こうして、思いがけない形で、桑羽とのデートは始まった。


（ど、どうしよう……、めっちゃ楽しい！）

彩は左手で七色の綿菓子を持ちながら、混乱していた。

あれから映画やショッピング、オシャレなカフェなどをまわった。どこもかしこも行ったことがある場所なのに、前に行った時の数倍は楽しく感じられる。

映画は、観たかった作品を観られたこともそうだが、その後の感想が二人とも同じだったのだ。

ここはよかった。あそこはもっとこうしたほうがいい。ここは驚いた。など、そういう感想の出し合いが映画以上に面白かったように思う。

ショッピングでは、店員さんが驚くぐらい桑羽は彩のことを褒めちぎるのだ。指輪の鎖を外してもらい試着をした時などは、大げさともとれるような表現で彩のことを褒める。その反応は少し恥ずかしくもあったが、同時に嬉しくもあり、鎖が外れているにもかかわらず逃げ出すことを忘れてしまっていた。

カフェに入った時は二人してカウンター席に座ったのだが、彩の右手がふさがっていてうまくケーキが食べれらなかった時、桑羽が食べさせてくれた。

まるで付き合いたての恋人のように、ケーキを咀嚼しながら、彩は頬を熱くした。

そんなこんなをしているうちに、気がつけば夕方である。

（どうしよう。逃げ出せないまま一日が終わる……）

綿菓子を頬張ると、口いっぱいに砂糖の強い甘みが広がった。

そして、それ以上に甘いマスクを持った彼が、彩の食べた反対側の綿菓子をかじった。

「これは、……甘いですね」

驚いたような表情で桑羽は青色の雲をもそもそと口の中に入れる。

「そりゃそうですよ！　綿菓子ですから！」

「初めて食べました。お菓子は、我が家専属のパティシエが作ったものしか食べたことがなくて」

「まじか……」

思わずそう零した。さすが一流ホテルチェーンのご子息なだけある。

この間、香帆は彼のことを結構庶民派みたいに言っていたが、幼少期にお祭りで綿菓子を買ったこともない彼のどこが、と彩は思う。

「あ、それなら！」

彩は桑羽の手を握ったままコンビニに入った。

そして……

「はい。美味しいですよ？」

「これは……？」

「ザクザク君、私の大好物です！」

手渡された棒つきアイスを桑羽はまじまじと見つめる。

水色の四角い塊を、彼はいろんな角度から確かめていた。

彩はその水色の塊を指す。

「これでなんと、六十円！」

「六十円？」

桑羽の目が見開く。初めて桑羽の驚いた顔を見たような気がした彩は、上機嫌になった。

「まぁ、騙されたと思って食べてみてください！」

桑羽は恐る恐るザクザク君を口に入れた。

「これは……美味しい！　この内側の氷菓がなんともいえない歯ごたえで……」

「ね？　美味しいですよね！」

自分が美味しいと思っているものを共有できて、彩はにかっと笑った。

桑羽とは生まれも育ちも違うが、感性や好みなどは似ているのかもしれない。

映画の感想を語り合った時のことを思い出し、彩はそう思った。

外出した隙に逃げ出すという、本来の目的は忘却の彼方である。

「彩さんは、こういうのが好きなんですね」

「はい！　冷凍庫に常にストックしておきたいぐらい大好きです！」

「検討しておきましょう」

桑羽もザクザク君を気に入ったのか、どんどん食べ進めていく。

氷菓ということで溶けやすいのだが、桑羽は手に垂らすことなく器用に食べていた。

（綺麗に食べる人だなぁ……）

桑羽の食べ方は、いつも綺麗で上品だ。

部屋を覗いていた時も常々思っていたが、近くで見ると見惚れてしまうほどだ。

そんな彩の視線が気になったのだろう。桑羽は食べていたザクザク君を彼女に差し出してきた。

「いりますか？」

「い、いいです！　人のザクザク君を取るほど卑しくはありません！」

「そうですか？　それなら遠慮なく一人で食べますね」

たとえその時は欲しくなくとも、『いりますか？』と聞かれれば欲しくなるのが世の常だ。

ふたたびザクザク君にかじりついた桑羽に彩は「あっ……」と物欲しそうな声を出してしまう。

「彩さん、どうぞ」

クスリと笑いながら桑羽がザクザク君を差し出してくる。そうして「一緒に食べましょう」と、にこやかに言った。

「私はいいですって！」

「ほら、そう言わないで」

近づいてきたそれと桑羽を見比べ、彩は「それじゃあ……」と口にした。

そして、舌を出してぺろっと表面を舐める。

「んー！　美味しい!!　かじるのもいいんですけど、私はこうやって舐めるのも好きなんですよねー！　食べるのが下手で零しちゃう時もあるんですけど……」

そう言った後に、もう一度舌を這わせた。

犬猫が舐めるかのようにぺろぺろと、彩はザクザク君を舐める。

桑羽がかじったところが溶けてきたので、唇を当ててちゅっ、と吸う。

それでも垂れてきた液体は舌で受け止めた。

「へへへ、美味しいですね。……って、食べすぎちゃいました？　ごめんなさい」

「…………」

「智也さん？」

いきなり黙ったその様子に、彩は首を傾げながら彼を見上げた。

桑羽は真剣な表情で彩を見下ろしている。その目尻が少し赤いのは夕日のせいだろうか……。

「彩さん」

「はい？」

「したくなりました」

「なにを？」

「ナニを」

鼻にかかったような甘ったるい声色に、身体が跳ねる。

（これはもしかして、もしかしなくとも、お布団に誘われている感じですか？）

ベッドよりお布団派の彼女は、心の中でそう悲鳴を上げた。

彼の言う『ナニ』が昨晩の『ナニ』ならば、非常に危ない。貞操の危機である。

桑羽はおもむろに携帯電話を取り出した。そうして、なにかを検索し始める。

「なにを探しているか、聞いても？」

「うちの経営しているホテルの空き状況を……」

「お仕事ですか？」

「……まさか」

いい笑顔で首を横に振られる。これはもう確実に担ぎ込まれるパターンだ。

彩は顔から血の気を引かせながら、声を上げた。

「お、お、お手洗い！　お手洗いに行きたいです!!」


当たり前のことだが、お手洗いの時には鎖は外してもらえる。

彩は今、ショッピングモールのトイレの中だった。

彩は蓋の閉まったままの便器に座り、考え事をしていた。

考える内容はもちろん、今から起こるだろうエロエロな事態の回避方法だ。

もちろん逃げられればそれが一番なのだが、おそらくそれは無理だろう。

こうやって鎖を外してもらえても、トイレの出口には彼が待ち構えている。

あれを振り切るのは正直、人間の為せる業ではない。まず、透明人間になるところから始めないとダメだ。つまり細胞レベルの進化が要求される。

「昨日まで処女だった私に二日続けての、あのエロエロはきつい。せめて二、三日、いや一週間は開けてほしい!!　それか、普通のエロエロにしてほしい!!」

桑羽と身体の関係を持つまで処女だった彩だが、あれが普通じゃないことは理解していた。

というか、酔わされて、腕を縛られて、散々言葉責めされて、ハジメテなのに三度も連続で身体を求められるのが世の中の常ならば、今まで彩は女性というものを舐めていたことになる。

「そもそもなにが引き金だったんだろう……」

ただアイスを食べていただけでどうしてそういう展開になるのか、恋愛経験値の低い彩にはまったく理解ができない。

たまたまそういう気分だったという可能性もあるが、その直前までは普通にデートをしていたのだ。彩がなにかをしてしまったという可能性のほうが高いだろう。

「あーもー！　分かんない！　こうなったら当たって砕けろよ！　面と向かって話し合えば分かる！　分かってくれる！　たぶん！」

叫びながら握りこぶしを作る。

そうして、なんの作戦も思いつけないまま彩はトイレからそーっと出てきた。女性用トイレと男性用トイレを出たところにある共有スペースに彼はいるはずだ。

「あれ、いない？」

恐る恐る共有スペースに顔を覗かせたところで、彩はその場に桑羽がいないことに気がついて動きを止めた。

そして、その場に設置してある待合用のソファに腰かけ、子供のように足をプラプラと動かした。

「智也さん、どこに行ったんだろう……。このままじゃ話し合いもできないんだけどなぁ」

そのまま五分、彩はその場で待ちぼうけを食らった。

「智也さーん！　こんなに放っておかれるなら、私、逃げちゃいますよー……って、はっ!!　もしかして、これは千載一遇(せんざいいちぐう)のチャンス？」

独り言の最中にそんな当たり前のことに気がついて、彩は立ち上がった。

鎖に繋がれていない。桑羽もいない。よく考えてみたら、これ以上ないチャンスだ。

そして、そのチャンス時間を彩は五分も無駄に過ごしていた。

彩はトイレを出て大きな通路まで歩いていき、左右の人を確かめる。すると、大通りの左側に、背を向けた桑羽が立っていた。その手には携帯電話があり、誰かと話しているようだ。

（お仕事かな？　……でも、これなら！）

彩は背を向けている桑羽に気づかれないように足音を忍ばせた。

そんなことしなくとも人が多いので、たった一人の気配などすぐ掻き消えてしまうのだが。

彩は静かに走り出した。

周りの人たちが何事かと彼女を見る。

彩はそんな視線に構わず、その場から姿を消した。


一時間後。彩の姿はいまだショッピングモールの中にあった。

エスカレーターから下の階を見ると、桑羽が必死に左右に顔を巡らせている。

そして、彩の携帯電話には数十回の着信と、受信したメッセージ。

『大丈夫ですか？　変なことに巻き込まれてはいませんか？』

『無事を確認したいので、一度でいいから連絡をください』

そんな彼女を心配するメッセージばかりが何十件と来ていて、彩は眉根を寄せたままため息を吐いた。

「ここで『絶対に許しませんよ』とか来ていたら、よかったのに……」

彼からのメッセージには『帰ってこい』の一言もない。その事実が少しだけ心苦しかった。

上から見下ろす彼は、誰がどう見ても彩のことを心配している表情だ。

(罪悪感なんか、持たなくてもいいはずなのに……私だって智也さんが鎖を持ち出したりしなかったら逃げないんだし……)

そこまで考えて唇を尖(とが)らせる。

——彼と過ごした一日はとても楽しかった。

色々なことが新鮮に思えたし、こそばゆくてほんのり温かい感情だって芽生えてしまった。

映画で感想を言い合った時は、桑羽が超有名ホテルチェーンの社長だなんてことを忘れるぐらい話に夢中になったし、彼となにかを共感できたこと自体が本当に嬉しかった。

『こけしちゃん』なんて揶揄(やゆ)される私を本気で褒(ほ)めてくれたその優しさにも胸が温かくなったし、いつもいいものを食べている彼が、たった六十円の氷菓を見下すことなく美味(おい)しそうに食べる姿は好感が持てた。

今日のデートで知ることになった彼の新しい顔は、本当に好ましいものばかりだ。

だから、彩だって積極的に彼と離れ離れになりたいわけじゃない。

(電話で、話してみようかな……)

どちらにしろ帰る家はないのだ。

荷物だってそのままだし、所持金だって雀(すずめ)の涙ほど。

友人である香帆の家だって長期間泊めてもらうわけにはいかない。

彩は知らない間に自分の携帯に登録してあった、彼の番号に電話をかけた。

ワンコールも終わらない間に、桑羽が電話に出る。

そして、第一声が『大丈夫ですか?』だった。

「大丈夫です。すみません、いきなりいなくなったりして……」

『本当です！　怪我などはしていませんか？　すごく心配したんですよ。今どこにいますか？　迎えに行きます』

矢継ぎ早にそう言われて、彩は「迎えはいらないです！」と答えた。

その必死な声に電話口の桑羽は黙る。

「えぇっと、このまま私が帰らないって言ったら、智也さんはどうしますか？」

『無理やり連れて帰ります』

その断言に背筋がすぅっと寒くなる。

彼の中に、彩が帰らないという選択肢はどうやらないようだった。

彩も負けじと声を張る。

「そ、それでも、帰らないと言ったら？」

『社会的、もしくは物理的に追い詰めて帰らざるをえないようにします』

「……こ、こわい……」

本当にやってしまいそうな声色に涙が滲む。どうやっても、彼から逃れられる気がしない。

地球の裏に逃げたって追いかけてきそうな勢いだ。

彩が狼狽えたのが分かったのだろう。桑羽は優しく諭すような声を出した。

『今日のことは怒りませんから、帰ってきませんか？　俺も少しは反省しているんです』

「な、なら、色々お願い事があるんですが、聞いてくれませんか？」

『お願い事？』

「聞いてくれるなら、帰ります」

『交渉ですか？　いいでしょう。聞くだけ聞きますよ』

落ち着いた声色でそう言われて、彩も気分が落ち着いてきた。そうして背筋を正す。

ここからが勝負だ。

「まず、手錠とか鎖を日常的に付けるのは嫌です！　外に出る時とかも！」

『でもそれじゃ、また今日みたいに逃げるでしょう？』

「ちゃんと約束を守ってくれるなら逃げませんよ」

『信用できません』

ぴしゃりとそう言われて、彩は渋い顔になった。

確かに今のこの状況では説得力に欠ける。

「それじゃ、出かける時は手を繋ぎましょう！　それなら……」

『それは家の外だけでしょう？　中ではどうするんですか？　俺だっていつも早く帰ってこられるわけじゃないんです。部屋に帰ってきて君がいないとか、正直ぞっとするんですが……』

彩は手錠を付けられる日常を想像してぞっとするのだが、それは言わないでおいた。

「それなら、なにかペナルティを考えてください。私が約束を破ったら、それを実行する。どうですか？」

『ペナルティですか？　それはなんでもいいんですか？』

「い、痛くないやつなら……」

『……分かりました。では、鎖の代わりになにかペナルティを考えておきます』

彩は心の中でガッツポーズをした。とりあえず制限付きだが自由は確保した。

しかし、ここで気を緩めるわけにはいかない。お願いはもう一つあるのだ。

「あと、仕事にはちゃんと行きたいんですが……」

『仕事？』

電話口の声が明らかに硬くなった。

どうやら彩の想像通りに、彼はずっと彼女を部屋に閉じ込め、会社に行かせない気でいたのだ。

『なぜですか？　過度の贅沢(ぜいたく)を望まないのであれば、君が働く必要はまったくありませんよ？』

明らかに養うつもり満々の発言である。彩は頬を引きつらせた。

「い、いや！　私は智也さんにお世話になるつもりはありませんし、今の職場も好きなんです！　それに、いつ智也さんに『出ていけ！』って言われるか分かりませんし！」

『俺が？　言うわけないじゃないですか。俺がどれだけ君と一緒にいたいと思っているか……』

自信満々にそう言われて、頬がじんわりと熱くなった。

しかし、ここで絆されるわけにはいかない。

彩は自分の想いを伝えるために、わざと硬い声を出した。

「この条件を呑んでいただけないのなら、帰れません！」

『………』

電話口の彼が押し黙る。そうしてしばらく考えたのちに、一つため息を吐いた。

『分かりました。しかし、俺からも条件を付け足させてください』

「条件？」

「それは帰ってから話し合いましょう？」

その声は電話口からではなく、うしろから聞こえた。

携帯電話を耳につけたまま振り向くと、そこには額に汗を滲ませた桑羽がいた。

「智也さん」

「捜しました。……帰りますよ」

そうして、帰りは約束通りに指輪の鎖をつけなかった。

「えぇっと、話し合いをするんですよね？」

「ええ、話し合いです」

「どうして、ここで？」

桑羽と彩はお風呂場にいた。

浴槽の中、彼の胸に彩が背中を預けるような形で、二人は寄り添っている。

「今日はいっぱい歩きましたからね。汗を流したいと思いまして」

「一人で入ってもよかったのでは……？」

「なにを言っているんですか？　彩さんの汗を流したかったんですよ」

「私の……？」

そんなに汗臭かったかと、彩は思わず自分の匂いを確かめた。しかし、自分の匂いというのはよく分からない。

そんな彩の行動を桑羽はふっと鼻で笑う。

「言っておきますが、彩さんはとてもいい匂いですよ？」

鼻先を彩の頭皮にくっつけるようにして、彼は言う。

優しげな声色が風呂場に反響して、それだけで雰囲気がなんだか少し艶めかしい。

「俺は君が気にするといけないから汗を流しているんです」

そう言って桑羽は彩の太腿の間に手を滑らせた。

そうして、そのまま身体の中心へと手を進めていく。

「だって、そうじゃないと、ここを舐めたらダメなんでしょう？」

「――っ！」

指先が彼女のクリトリスを引っ掻いた。

彩はその瞬間に身体を丸めて、声にならない小さな叫びを上げる。

彩は必死に両手で桑羽の手を押し戻そうとするが、彼の手は彩の力などでは一切動かない。

動かないどころか、そのまま指は割れ目に侵入してしまう。

これ以上の侵入を許すまいと両脚をしっかりと閉じながら、彩は焦って口を開いた。

「は、話し合いをするのでは？」

「俺は器用なので、彩さんを可愛がりながらでも話し合いができますよ？」

「私は不器用なので、そんなことをされながら話し合いはできません！　んっ……」

そう叫ぶと、桑羽が彩の脚の間から手を抜いた。

その指先には、明らかにお風呂のお湯とは違う粘着質な液体が糸を引いている。

「それじゃ、後から可愛がることにしますね」

赤い舌先で指についた液体を舐めながら、桑羽はニコリと微笑んだ。

――可愛がられることについて、拒否権はどうやらなさそうである。

「話し合いですが、彩さんが逃げ出した時のペナルティと、会社に行く条件ですよね？」

その言葉に彩は一つ頷いた。

「まず、出勤について。俺が君に求める条件としては、不要な寄り道をしないこと、どこかに行く時は必ず連絡を入れること、男性と二人っきりで出かけないこと、ですね」

「……案外まともなんですね」

「まともじゃないのも用意していますが、付け足しましょうか？」

「け、結構です!!」

綺麗な笑顔に彩は背筋を凍らせた。

彼の『まともじゃない』は、きっと彩にとっては『ろくでもない』ものだ。

震える彼女の肩口に桑羽は顔を埋める。

「今日、ちゃんと帰ってきてくれたから、手加減してあげているんです」

「ありがとうございます……」

要は、少しは信用してくれたということだろう。

たったそれだけのことなのに、彩の胸は温かくなる。

けれど、本当にどうして彼は自分のことをこんなに求めてくれるのだろう。

それだけが彩には分からなかった。

「それで、ペナルティのほうですが……」

桑羽がそう切り出して、彩はふたたび身を固くした。

自分で言い出したことだが、これを聞くのが正直一番怖い。

「『俺の気が済むまで彩さんをいじめる』というのはどうですか？」

「痛いのは嫌だって言ったじゃないですか！」

いじめるという単語に思わず自身の身を掻き抱きながらそう叫ぶと、桑羽は色香のある声を響かせた。

「痛くはしませんよ。頭がおかしくなるぐらい気持ちよくするだけです」

「そっち!?」

「そっちです」

今までだって十分に好き勝手されているのに、これ以上されたらどうなってしまうか分からない。しかも『気の済むまで』という言葉が怖すぎる。

「さ、もうそろそろ上がりましょうか」

機嫌のいい声を出しながら、桑羽がバスタブから立ち上がる。

濡れた髪の毛を掻き上げる姿も最高に色っぽい。

彼は頬に水滴をつけたまま目を細める。

「彩さん、今日の分のペナルティが待っていますよ？　汗も流しましたし、今日はいっぱい舐めてあげられますね」

（今日の分⁉）

決めたばかりのルールをいつから施行するか、きちんと決めておくべきだった。しかし、先に今日からと宣言されてしまった今、開始日を再交渉するのは不可能だろう。さすがやり手社長、抜かりない。

キラキラの笑顔でそう言われて、彩は逃げ出したい気分になった。

「あっ、あっ、もう、やめっ‼」

「ダメです。あと三回は前戯でイきましょうね？」

彩はベッドで両腕をうしろ手に縛られたまま、身体をのけぞらせた。目の前がちかちかと光って身体が痙攣する。

桑羽は彩の蜜でびしょびしょになった自分の口元を乱暴に拭った。そして、ふたたび彼女の秘所に顔を埋める。

――もう何十分も、彩は執拗に淫裂を舌で攻め立てられていた。

指もなにも使わずに舌だけで攻め立てられた彼女の割れ目はもうとろけきっていて、いつでも彼を迎えられる状態にある。にもかかわらず、入り口だけに強い刺激を与えられ、彩はおかしくなりそうだった。

――中を擦ってほしい。強く激しく。できれば彼の太くて長い剛柱で。

その願いだけで彩の頭の中はいっぱいだった。

じゅるじゅると音を立てて彩の甘蜜を啜りながら、桑羽はぷっくりと腫れて大きくなった赤い実に歯を立てる。それだけで身体が跳ねた。

「あぁっ!!」

彩は涙を浮かべながら首を振った。

早く挿れてほしい。そうして身体が浮き上がるぐらいに激しく突いて、中を引っ掻きまわしてほしい。中から溢れる蜜をすべて掻き出して、その中に精を放ってほしいとさえ思ってしまう。

「そろそろ指ぐらいは挿れてあげましょうか？　入り口ばかり攻められて、もどかしいでしょう?」

その言葉に彩は自然と頷いていた。身体の内側が震えてどうしようもない。

切なくキュンキュンと収縮する下半身は、桑羽のモノをねだっている。

「そんなに呆けて、ずいぶんとだらしない顔ですね」

「ダメ、ですか?」

「いいえ。最高に可愛いですよ」

色っぽい笑みを見せた後、桑羽は中指をゆっくりと彩の中に侵入させてきた。待ちかねていたその刺激に、彩の口からは気の抜けた声が溢れる。

「ふぁ……」

「指一本でずいぶん気持ちよさそうですね。焦らした甲斐があったということでしょうか?」

桑羽はゆっくりと中を擦り始める。

円を描くように中を広げられて、彩の膣は喜ぶようにひくついた。

だけど、彩が触ってほしいのは中指でも届かない奥の奥。

彼のモノでしか届かない一番奥をぐりぐりと容赦なく抉ってほしい。

(なんか、私おかしくなっちゃったのかな……)

つい最近までなにも知らなかったはずなのに、快楽を知ってしまった身体と心は正直だ。唯一、冷静な頭だけがこの状況をうまく呑み込めない。

こんな風に身体の奥底で誰かを求めたのも初めてで、彩は今まで感じたことがない欲求に混乱していた。

「とも、やさん。わたし、えっちになっちゃったのかな? ……どうしよう……」

頬を熱くしながら狼狽えたような声を出した。その声は羞恥心により微かに震えている。

「えっちになっていいんですよ。俺が彩さんをそう作り変えているんですから」

頬を伝った涙を指で掬(すく)いながら、彼はそう言って笑った。

「もっともっとえっちになってください。ついでに、俺でしか感じない身体になってください」

そう言いながら、彼は中を引っ掻いた。

指先が彩のいいところに当たって、一瞬にして上(のぼ)り詰めてしまう。ぼたぼたとだらしなく愛液をシーツに落としながら、彩は達した。

「いいですか、彩さん。君をこんなに気持ちよくできるのは俺だけですよ。……だから、どこにも行かないでくださいね」

身体から篭絡(ろうらく)させると言ったその言葉通りに、桑羽は行動する。

しかし、その甘い責め苦はもはや拷問(ごうもん)に近かった。

「ともやさん、もう挿れて……げんか……あっ……!!」

「彩さん。なにをどこに挿れてほしいのか、ちゃんと言わないと分かりませんよ」

その言葉に彩は唇を噛みしめた。そんなことを言うのは恥(は)ずかしくて仕方ないが、言わなければ苦しい時間が長引くだけだ。

「私のココに、智也さんの、太くて、長いのを、……挿れて、ください……」

恥(は)ずかしさのため途切れ途切れにそう言うと、彩を押し倒している桑羽が楽しそうに笑った。

その表情は、まるでいじめっ子のよう。

そうして、桑羽は口を開く。

「嫌です」

「え？」

彩は目を見開いて固まった。

桑羽はそんな彼女の鼻先にキスを落としながら、ニヤリといやらしく笑う。

「あと、二回イけたら。そうしたら俺のモノで彩さんの中をいっぱいにしてあげます」

「やだぁ！　挿れてほしいのにぃ!!」

彩は切なくてどうにかなりそうな頭を振ってそう言った。

もう苦しくて、熱くて、頭の回路が焼き切れてしまいそうだ。

「あんまり可愛いことを言わないでください。俺だって、我慢しているんですよ」

冷や汗を滲（にじ）ませながら桑羽はそう言う。その言葉通りにボクサーパンツの中で欲棒が雄々（おお）しく勃（た）ち上がっていた。もうパンパンに膨（ふく）れ上がっている。

「俺だって早く君の中に入りたいんです。でも、簡単にイかせてあげると思わないでくださいね。これはペナルティでもあるんですから……」

その言葉に彩は震えた。逃げだそうとするたびに、こんな目に遭うのだとしたら相当恐ろしい。

桑羽は彩の中に二本目の指をそろえて差し込んだかと思うと、ゆっくりと指を開きにかかる。その瞬間、彩の中に空気が入って、ごぽっ、といやらしい音がした。指を開く。閉じる。また開く。そして閉じる。そのたびにごぽごぽと彩の下半身は粘着質な音を響かせた。

「はっ、あっ、やだ。も、聞きたくないっ！」

腕を縛られているので耳はふさげない。彩はいやいやと首を振った。

「も、やだぁ……。おか、しくなる……っ‼」

責め苦に耐えかねて、とうとう彩は涙をぽろぽろと零し始めた。桑羽は落ちてくる涙を唇で受け止めながら、優しい声色を出した。

「仕方がないですね。今回だけですよ？」

甘ったるい声に、今度こそ彩は期待した。すると桑羽が出してきたのは彼自身ではなく、ピンク色の卵のような物体だった。その先にはコードがついている。

（これは……ピンクローターってやつじゃないだろうか。実物を見るのは初めてだけど、漫画とかでは見たことある！）

今から自分の身に起こることへの心配も忘れて、内心盛り上がる彩である。

桑羽はそれを彩の中に、にゅるんと押し入れた。そして、コードの先のスイッチを入れる。

すると、ピンク色の物体は彩の中で激しく暴れ出した。

「あっ、あっ、あっ、あっ、あぁぁっ!!」

その瞬間、また達した。彩の痴態を見ながら桑羽は舌なめずりをする。

「そんな気持ちよさそうにイって。ローターはそんなにいいですか?」

「とも、や、さん」

「あと一回イったら望むモノをあげますね」

その意地悪な言葉に彩は身を震わせた。

彼は本当にあと一回達しなければ、彩が欲しいものをくれはしないだろう。

「彩さん、覚えておいてください。本当に逃げだすようなことがあれば、こんなものじゃ済みませんからね」

昏い目を細めて彼は言う。そうして指で、ローターを奥に深々と押し込んだ。

次の瞬間、先ほどとは比べ物にならない振動が彩を襲う。その刺激に、彩の身体の中心はきゅっと縮こまった。

「あぁあぁぁぁっ!!」

子宮口に直接振動が伝わって、彩は今までで最高に激しく達してしまった。

つま先がピンと伸びて、ふくらはぎが痛い。

桑羽はそれを確かめると、乱暴にローターを抜いた。そのままベッドの脇へ投げる。

そして今度は荒々しく下着を脱ぎ、自分の肉杭を取り出した。

それは、先ほどよりもさらに一回り以上大きくなっているように感じられる。

「やっと、ですね」

額から汗を垂らしながら、桑羽はそう言う。

桑羽も相当我慢をしていたのだろう。自身を彩の濡れそぼった割れ目にあてがい、一気に突き入れた。

「はぅ……っ!!」

そうして容赦なく抽送を始める。ガツガツと最奥を穿つ姿は、まるで獣のようだ。

ごつごつと彼の先端が彩の子宮口を刺激する。そのたびに彩はあられもない声を出した。

やっと欲しかったものを与えられ、彩の腰は自ら快感を受け止めようと激しく揺れた。

もうそれは彩自身にもコントロールできないほどだった。

貪るように最奥を求められ、彼女の身体は喜んだ。

体勢をうつぶせに変え、頬をシーツに押し付けながら臀部を差し出す。

うねる肉壁は彼のモノをきつく締め付けた。

「はっ、彩さん。もう、イきますよ」

そう宣言した直後、彼のカリが彩のいいところを容赦なく刺激し始めた。

そうして、抽送も激しくなる。

「わた、しもっ！　いっちゃ……」

その瞬間、二人は同時に絶頂を迎えた。

火照った身体に冷たいシーツが心地いい。

ふわふわと浮いたり沈んだりする意識の中で彩は、桑羽の染み入るような優しい声を聞いた。

「……やっぱり君は類に似ていますね」

愛しそうに頬を撫で、彼は慈愛に満ちた瞳を彩に向けていた。

(類って誰だろう……？)

そう思いながら、彩の意識は深く落ちていった。

◆◇◆

疲れ果てて眠ってしまった彩をうしろから抱きしめ、桑羽は満足して息を吐き出した。

彼女は、額から汗の玉を滑らせながら静かに眠っている。

その滑り落ちる水滴さえも、彼女と自分が繋がった証のような気がして、たまらなく愛おしかった。

「やっと、手に入れた……」

彼女を何度抱こうが冷めることのない身体の熱を吐き出すように、そうつぶやく。

すると、また身体の中心が熱く、重たくなった。

彼女と一緒にいる時の自分はどこかおかしい。それは自分でもよく分かっていた。

「子供のようにはしゃいでいるんでしょうかね。年甲斐もなく……」

まだ身体だけだが、喉から手が出るほど欲しかった彼女をようやく手に入れたのだ。

桑羽の感慨もひとしおだった。

「君に出会ってから、人生が楽しいですよ。彩さん」

ささやくようにそう言って、彼は想いを馳せた。

彼女に出会うまで、自分の人生が楽しいだなんて思ったことはなかった。

敷かれたレールの上を用意されたトロッコに乗って走る日々。用意された課題はそれなりに手ごたえがあったが、幼い頃から何事に対しても器用だった桑羽は、それを苦痛に思うことも、困難と思うこともなかった。だから、どんなに難しい課題をクリアしたとしても、達成感を得ることはなかった。

兄の素行の悪さと桑羽の有能さから、自分が社長業を継ぐのは学生時代にはほとんど決定しており、その甘いマスクから女性に困ったこともまったくなかった。周りは皆、桑羽に気を使い、友人たちは行儀のいい模範的な好青年ばかり。

そんな澄んだ水のような生活を、どこか物足りなく感じたまま過ごしていた。

最後に本気で笑ったのがいつだったのかも思い出せないまま三十歳を過ぎたある日、彼女の存在に気がついた。

最初は単なる違和感だった。自分の足音に重なるように女性もののヒールがアスファルトを蹴る音が聞こえたのだ。

振り返るも、背後には誰もいない。ただ、電柱の陰に隠れるようにしてヒールのつま先だけが桑羽を覗いていた。

(またか……)

桑羽はうしろをつけてくる、そのヒールの持ち主にため息を吐いた。

学生時代から女性に後をつけられるなんて日常茶飯事だった。彼の持つ甘いマスクや生まれから、彼を慕う女性は多い。そういう女性は、甘ったるい色香をまとって腕に縋りついてくるような者もいれば、こうやって後をつけてくる者など様々だった。

(面倒だな……)

こうやって後をつけてくる女性は、皆一様に、想いが強い。そして、その強すぎる想いゆえに、トラブルに発展することも少なくなかった。前に一度、背中を刺されそうになっている。

桑羽はもう一度振り返る。すると、後をつけていた彼女は慌てふためいた様子を見せた後、路地に隠れてしまった。そのマヌケさに思わず笑みが漏れた。

(危害を加えようとする女性には見えないか。……まぁ、一か月もすれば告白なりなんなりしてくるだろう)

正直、後をつけられるのは迷惑だったが、声をかけて注意するのも億劫(おっくう)だったので、桑羽はそのまま彼女を放置した。

彼の経験から言って、こういう女性は一か月も待たず彼に声をかけてくる。その時に注意すればいい。彼はそう思っていた。

しかし、一か月経とうが二か月経とうが、彼女はまったく声をかけてこなかった。むしろ、最初は見るだけだったその行為はだんだんとおかしな方向にエスカレートしていき、密かに写真を撮ってみたり、一緒の電車に乗ってみたりするようになっていた。しかも、結構な距離を空けて。

そのたびに彼女は頬を染め、身体をくねらせ、興奮したように友人に連絡を取るのだ。本当に嬉しそうに、楽しそうに。

そのあたりから桑羽は彼女が他の女性と違うのではないかと思い始めていた。

(少し、話してみてもいいかもしれないな……)

半年も経つ頃にはそんな風に思うようになっていた。

彼女は相も変わらず桑羽を遠くから見つめるばかりで、なにも行動は起こさない。目を合わせようともしない。なのに、桑羽を見かけては楽しそうに跳ねまわる。

結局、どんなお膳立てをしても、彼女が彼に話しかけてくることはなかったのである。

桑羽は知り合いの調査会社に彼女のことを調べてほしいと頼んだ。勝手にあれこれ調べるのはどうかと思ったのだが、相手はもう半年以上自分のことをずっとつけまわしている相手なのだ。だから、遠慮はいらないのだと勝手に判断した。

そして、桑羽は彼女の名前を知った。

彼女は一ノ瀬彩。隣のマンションに住んでいるごく普通のOLだった。

勤め先は少し前から取り引きを考えていた会社。性格は陽気で楽天家、自由奔放。調査会社の報告書にはそれ以外にも色々なことが書いてあった。

友人の情報に過去の男性遍歴に至るまで、本当に色々……

「前に付き合っていた人と、俺はずいぶんタイプが違うようですね……」

報告書をめくりながら、そうつぶやく。そして、彼女の一連の行動を思い出し、唐突に理解した。

彼女は桑羽のことを好きではなかったのだ。正確に言えば、彼女の『好き』は恋愛の『好き』ではなかった。

一目見て、騒いで、心を躍らせる。彼女にとって桑羽はそういう相手だったのだ。人生を面白おかしく生きるためのスパイスの一つ。彩にとっての桑羽は、芸能人やアイドルに近い存在だった。

それは、いわば替えの利く存在だ。

その事実になんとなく腹が立った。彼女にとって自分がその程度の存在だということが面白くなかった。

あんなにつけまわしてくるのに、こんなに人のことを振りまわすのに。

それほどまでに感情が動いたのは久しぶりで、気がつけば桑羽は彼女のことばかりを考えるようになっていた。

つまらない、普遍的な日常は変わり、つけまわしてくる彼女を観察するのが楽しくて仕方がなくなっていた。頬を染めながら自分のうしろをつける彼女を可愛らしいとさえ思うようにもなっていた。

——彼女は桑羽とは真逆で、人生を楽しんでいるようだった。

何度か近くのコーヒーショップで彼女を見かけたことがあった。彼女はいつも食べているスコーンを初めて食べるかのように味わって食べ、幸せそうに顔をとろけさせる。食一つに一喜一憂するというのは桑羽には考えられない感覚で、そんな彩の表情を見てなんの変哲もない彼女の人生が羨ましいと思ってしまった。

そして、運命の日が訪れた。

彩が営業で桑羽の会社を訪れたのだ。彩が勤めている会社から営業の人が来るとは知っていたが、まさか彼女自身が来るとは予想外だった。

彼女の隣には上司と名乗る堀内の姿がある。

堀内が彩を意識しているのはバレバレで、彼女もそんな優しい上司を慕っているようだった。そんな二人の姿を見た瞬間、桑羽は自分の想いを自覚した。

堀内に彼女を取られたくないと思ったのだ。彼女の視線が他の男性に向けられるのが心底嫌だと感じた。

誰かの隣で笑うのなら、自分の隣で笑ってほしいと思ってしまう。

それは、長い間蓋をして見ないようにしてきた感情が溢れてくるかのようだった。

しかし、このままだと仕事が終わればまた桑羽と彩は他人同士に戻ってしまう。

彼女の反応からして、今後も自分から桑羽に声をかけることはしないだろう。だから桑羽から声をかけた。「今日は、いい写真が撮れましたか？」と。

なにかのきっかけになればいいと思ったその一言で、彼女が一週間も姿を現さなくなるとも知らずに……

「君があの時逃げたりしなければ、俺もこうやって無理やり繋ぎ止めようとは思わなかったのに……」

腕の中で眠る彼女の頭を撫(な)でながら、彼はそう零(こぼ)した。

もうどうしようもなかった。気持ちが止められなかった。

こんなになにかを、誰かを、欲しいと思ったのは初めてで、少し手を伸ばしたら彼女は簡単に落ちてきた。だから囲った。なのに、彼女はその落ちてきたのと同じスピードで指の隙間からするりと逃(のが)れようとする。その様(さま)はまるで形を自由に変える水のようだ。

「水がないと、人は生きていけませんからね」

――手を触れて初めて分かった。もう自分は彼女なしでは生きていけない。

彼女の与えてくれる蜜の甘さをもう桑羽は知ってしまった。

「俺に近づいたのが運の尽きです。もう絶対に離してあげませんからね」

一度、捕まえたのだからもう離すことはできない。

まるで繋ぎ止めるかのように指を絡ませて、桑羽はゆっくりと目を閉じた。

第三章　アナタの気持ちが知りたい

結局、なんだかんだと同棲を続けて一週間が経った。

当初は面食らうことばかりだった桑羽との生活だが、会社にも無事に行けている上に、きちんと連絡をしておけば外出も普通にできるということで、彩もこの生活に慣れつつあった。

むしろ、家事をすべてプロの人に丸投げしているこの生活は相当快適だ。

所定の場所に洗濯物を出しておけばアイロンまでかけて翌日には返ってくるし、食事もプロの料理人が作ったデリバリーが毎日届く。掃除もマンションに入っている清掃会社が定期的にやってくれるし、なにか必要な物があれば、電話一本でコンシェルジュが用意してくれる。

正直、一人暮らしの時よりはるかに楽な生活である。

そんな申し分のない生活だが、彩は一つだけ気がかりなことがあった。

「……今日もいない」

冷たくなった隣のシーツを撫(な)でながら、彩は一つため息を吐いた。

ベッドのそばにあるサイドテーブルには『先に行きます』と書き残した手紙。桑羽らしい綺麗(きれい)な文字が並ぶその手紙を取りながら、彩は彼が出ていっただろう扉を見つめた。

「智也さんってやっぱり忙しいんだなぁ」

誰もいない部屋で、彩はそう零(こぼ)した。

一緒に生活しているにもかかわらず、彩はここ三日ほど桑羽の姿を見ていなかった。

やはり社長業というのは忙しいらしい。

特にここ最近は太陽が昇る前に部屋から出ていき、日付を跨いでから帰宅するというような生活になっていた。

「なにかしてあげたいなぁ……」

彩は周りを見渡した。

部屋は毎日綺麗に保たれているし、洗濯だって必要ない。料理も彩が作るより美味しいものが毎日届く。

そこには彩が〝なにか〟をできる隙なんて微塵もない。

正直、この生活が始まってから彩は彼に頼りっぱなしだった。

家賃は彩が前に住んでいたマンションの家賃と同じ額を彼に渡しているが、それ以外は生活費はすべて桑羽持ちだ。

そもそも家賃だって桑羽は彩に出させる気はなかったのだ。

しかし、そこは彩が押し通し、今の形になっている。

（このまま頼りっきりっていうのも性に合わないし、智也さんが疲れているなら日頃のお礼になにかしてあげたいんだけど……なにも見つからないのよね……）

正直、彼のことを好きなのかどうか今のところよく分からない。嫌いではないことは確かだし、好感が持てるのも確かだが、この想いが恋愛のそれなのかは彩にはまだ判別がつかない。

けれど、彼が少しでも元気になるならなにかしてあげたい。そう思ってしまう彩だった。

「はぁ」

いつものごとく堀内と営業に出掛けた彩は、彼の運転する車内で今日何度目になるか分からないため息を吐いた。元気のない様子の彼女に、堀内も心配そうな顔をする。

「さっきから、なにため息吐いているんだ？　大丈夫か？　なんかあったんなら相談に乗るぞ」

「ありがとうございます」

心ここにあらずのまま、彩は窓の外を眺めながらそう答えた。

そんな彼女を励ますように、彼はいつもより声を張る。

「これでもお前よりは少しだけ人生の先輩だからな。なにかアドバイスできるかもしれないし、遠慮なくなんでも言ってくれ！　もちろん、秘密は守るぞ。こう見えて口は堅いほうだからな！」

視線を前に向けたまま、堀内はそう言って胸を叩いた。

そのからっとした感じが、いかにも体育会系である。

彩は「んー」と、考えながら声を出した。

「それじゃあ質問なんですが、堀内課長なら自分が疲れている時、なにをされたら嬉しいですか？」

「なんだその質問は……」

「いいから答えてくださいよー」

口を尖らせた彩に、堀内は「そうだなぁ……」と顎をさする。

「疲れている時だろ？　関係性にもよるけど、もし相手が恋人とかなら、そばにいてくれるだけで……」

「そういうのはなしでお願いします！」

いつになくぴしゃりと彩はそう言う。その否定に堀内は首を傾げた。

「うーん。それなら、普通に料理とかが嬉しいな！」

「料理、ですか……」

堀内の言葉に彩は困ったように眉根を寄せた。

それは彩も考えたが、毎日、デリバリーでプロの作る美味しい食事が届くのだ。

もし比べられれば、その味は天と地ほどの差があるだろう。

彩はハンドルを握る彼を見上げながら聞いてみる。

「でも、その料理が美味しくなかったら？」

「こういうのは美味しい、美味しくないの問題じゃないだろう？　好きな人が自分のために作ってくれた、そういうのに感動するんだよ、男ってもんは！」

うんうんと一人で頷く堀内を目の端で眺めながら、彩は座面でズルズルとお尻を下に滑らせた。

（私なんかの料理で満足してくれるのかなぁ……）

彩は携帯電話を取り出し、料理のレシピサイトを開く。

そこには『簡単』『時短』『初心者でもできる』の文字が並んでいる。

混ぜるだけ、材料を用意して煮込むだけ、炒めるだけ、など料理が苦手な人でも作れそうなものばかりだ。

今晩の分のデリバリーの料理は、今から断りを入れれば十分に間に合うだろう。

彩はできるだけ簡単で、美味しそうな料理を探していく。

まだ一緒に生活して一週間なので彼の好みを把握しているわけではないが、おそらく彼はあまり好き嫌いがないタイプだろう。極端に甘いものは避けている傾向はあるが、それだけだ。

「あと、疲れている時にやってもらって嬉しいのは、マッサージとかかな。デスクワークが続くと、どうしても背中とか肩とか凝るからなぁ。正直そういうのは助かる！」

「マッサージ……。確かにそれならすぐにできそうですね！　ありがとうございます！」

やっと自分でも実行できそうな案が出てきて、彩の気分が上がった。

「っていうか、お前はなんでそんなことで悩んでいるんだよ？　……はっ！　お前まさか、彼氏でもできたのか？」

「いやいや。違いますよー！」

彼氏という単語に一瞬どきりとしたが、彩は手を横に振って堀内の言葉を否定した。

桑羽と彩は現状、どういう関係でもない。そして、今後どういう関係になるのかも分からない。

このままなにも変わらないのかもしれないし、桑羽が彩に飽きて接点がゼロに戻ることも考えられる。

彩の態度に堀内は焦ったように口を開いた。その額には冷や汗が滲んでいる。

「本当か？　彼氏じゃないのか？」

「違いますよ！　最近お父さんが疲れているみたいで、今度実家に帰った時にでも、なにかしてあげようと思っただけなんです！」

そう言って笑えば、堀内はあからさまに安堵したような顔つきになった。

そして、その大きな身体に似つかわしくない、可愛らしい笑みを浮かべる。

「そうか。なら、よかった」

なにが『よかった』なのかよく分からないまま、彩は携帯電話の画面に指を滑らせ、今日の夕飯を考えるのであった。

◆◇◆

「桑羽君、今日は突然誘って悪かったね。いやー、桑羽君が来ると女の子が喜ぶからさぁ」

「いいえ、こちらこそ誘っていただいて楽しかったです。家垣（いえがき）社長もお気をつけて」

小太りの脂ぎった社長を見送って、桑羽はため息を吐いた。

桑羽の若さゆえに侮（あなど）ってくる取引先は大勢いるが、彼ほど面倒くさい人はそうそういない。

一回り年上の家垣は、桑羽を舐（な）めているというか、馬鹿にしているというか。女の子にキャーキャー言われたいがために、彼は毎回打ち合わせの後、桑羽をキャバクラに誘うのだ。

会社の規模的には桑羽のほうが大きいのだが、それでも大事な取引会社の社長である。帰りがけに声をかけられたらＮＯとは言いづらい。

（はぁ。今日は早く帰るつもりだったのに……。彩さんはもう寝ているでしょうね）

ここしばらく、桑羽は彼女の声を聞いていなかった。

弾（はじ）けるような彼女の元気な声を思い出しながら、桑羽はタクシーに乗りマンションへと帰りついた。

新規にホテルを建設する時は大体忙しいものだが、ここまでの忙しさは久々だ。精神的にも体力的にもすり減り、もうどうにもならない。

(帰ったらシャワーだけ浴びて寝ることにしましょう)

食事をする気力さえも残っていない。

食事をするより、睡眠をとるより、彼女と過ごす時間を増やしたほうが色々と回復するように思えるのは、彼女がそばにいる嬉しさでまだ頭が呆けているからだろうか。

桑羽は彩を起こさないように、そっと玄関のカギを開けた。

すると、部屋の奥のほうから香ばしい香りが漂ってきた。その香りに桑羽は首をひねる。

(これは、ニンニク？　今日はニンニクを使った料理だったんでしょうか)

それにしても香りが強い。まるで先ほどまで誰かがキッチンで料理をしていたかのようだ。

桑羽は廊下を進み、リビングに通じる扉を開けた。

おかしいことに、キッチンのほうの電気だけが今日は煌々とついている。

そして、ソファの上では、エプロンをつけたままの彩が小さな寝息を立てていた。まるで猫のように丸くなっているのが可愛らしい。

「どうしてここに？」

いつもならもう寝ているはずの彼女がリビングにいたことにより、桑羽の声色が少しだけ明るくなる。そうして視線を巡らせると、入居時に用意だけして使ったことがない調理器具が出ていることに気がついた。

　桑羽はキッチンのほうにまわり込み、フライパンの中身を確認する。

「これは……野菜炒め？」

　ニンニクの匂いはここからだったのだろう。適量を使っているようだったが、換気扇がまわっていないので匂いが籠ってしまったようだ。

「……それ、スタミナ炒めってやつです」

　桑羽の声で目が覚めたのか、気がつけば彩が目を擦りながら身体を起こしていた。背伸びをしながら「今、温めますね」と彼女はにっこり笑う。

「どうして……」

「えっと、智也さん最近忙しいみたいだから、なにか力になりたくて。疲労回復に効くって書いてあったからこの料理にしたんですけど……」

「…………」

「あー……ごめんなさい。やっぱりいつもの料理のほうがいいですよねー」

　黙ってしまった桑羽の態度を見て、彩は眉尻を下げ申し訳なさそうに言った。

　そうして、急いで立ち上がったかと思うと、フロントに繋がる電話のほうへと向かう。

「今からでも食事を持ってきてもらえるか確認しますね！　勝手なことしちゃって、すみません」

「大丈夫です」

桑羽は受話器を取ろうとした彩の手をやんわりと止めた。

そして、笑みを浮かべた。

「とても美味しそうです。ありがとうございます」

桑羽の胸はジンと熱くなる。

彼女が自分のためにしてくれたことがたまらなく嬉しくて、それだけで疲れが取れていくような気がした。

桑羽の表情に、彩もつられたように笑みを浮かべる。

「えへへー。実は自分でも、ちょっとうまくいったなぁって思っていまして！　あ、あと、お風呂から上がったらマッサージもしますね！」

どちらかと言えば、桑羽はマッサージをされるよりベッドの上で彩の全身をマッサージしたいと思っているのだが、せっかく自分のために頑張ろうとしてくれている彼女に水を差すのは気が引けて、一つ頷くだけに留めておいた。

しかしもちろん実際には、マッサージする側にまわるつもりである。

「あ、智也さんその顔、もしかして嬉しいですか？　嬉しい？」

「はい。とても嬉しいです」

無邪気な笑顔にそう答えると、彼女は歯を見せてさらに笑う。

「よかったぁ！　たまには堀内課長のアドバイスも役に立つんですねー！」

その言葉に桑羽のこめかみがひくついた。

しかし彩は、そんな桑羽の様子に気がつくことなく話を進めていく。

「同じ男性ですもんねー！　よし、今度から智也さんのことで悩んだら課長を頼ることに……」

「彩さん」

彩の言葉を遮るようにして、桑羽は彼女の名を呼んだ。

その声に彼女は笑顔を張りつけたまま固まった。

「今日は久々にお仕置きですね」

「な、なぜ？」

薄く笑った桑羽に彩は跳び上がる。

そんな彼女を腕の中に閉じ込めて、彼は耳元で一言一言確かめるようにそっとささやいた。

「とびっきりのマッサージをしてあげますよ」

「――っ！」

首筋から耳にかけて、彩は真っ赤になっていく。

それを見ながら桑羽はさらに笑みを深くした。

「今のは彩さんがいけないんですよ」

そう言うと彩は、恐る恐る顔を上げた。そして、遠慮がちに視線を落とす。

「か、身体は疲れてないんですか？」

「さっきまで疲れていたんですが、彩さんを見てすっかり元気になってしまいました」

そんな言い訳で逃がさないとばかりにそう言うと、彩は少しだけ恥ずかしそうに頬を染めた。

「よかった」

その言葉に、桑羽の身体の中心がズクリと重く熱くなる。

久方ぶりの彼女のぬくもりに舞い上がった身体が臨戦態勢を整えかけたところで、桑羽は自身を落ち着けようと深く息を吐いた。

「その前に、せっかく作ってくれたんですから食事をいただきます」

桑羽の言葉に、彼女は満面の笑みを浮かべる。

桑羽はその耳元に『今日は寝かしませんからね』とささやいたのだった。

「はぁ？　桑羽社長と同棲することになった？」

「香帆ちゃん、しーー！」

翌日、彩は使われていない職場の資料室に香帆を押し込み、そんな報告をしていた。

ここのところお互いに仕事が忙しくて、一緒に昼休憩を取ったり、会社帰りに話したりできていなかったのである。

「アンタこの前『警察に捕まるー！』とか言って騒いでなかった？　しかも、すでに同棲中って展開早すぎない？　いつの間に桑羽社長とそういう仲になったのよ！」

「いやぁ、実は私もよく分からなくて。気がついたらもう、そうせざるをえない状況に陥っていて……」

「え、なにそれ。付き合ってるんでしょう？」

「『好き』とは言われたけど、付き合っては……」

「はぁ？」

彩の言葉に香帆は、あからさまに顔をしかめた。

その表情に彩は苦笑する。

桑羽からは最初にホテルで一夜をともにした日以降、『好き』と言われていない。

もちろんあんな感じの態度なので、なぜだか変質的に溺愛されているのは分かるのだが、桑羽はそれ以上の関係を彩に求めてこなかった。『付き合ってほしい』も『恋人になりましょう』も彼の口からは一切出てこない。

身体の関係はそのまま続いているが、彩は彼がどうしたいのかよく分からないでいた。

「……なんか、アンタ色々騙されてない？　大丈夫？　変なことされてないわよね？」

「大丈夫だよ！」

香帆の心配そうな声に、彩はそう言って笑った。

変なことは、それはもういっぱいされている。でもここで香帆に言っても、さらに心配させてしまうだけだ。

桑羽の強引な進め方で始まった同棲だが、彩も嫌々彼と一緒に生活しているわけではない。

最初は鎖やらなんやらが出てきて引いてしまったが、今は割と平穏無事に過ごしている。

先のことはよく分からないが、なんとなく桑羽とならうまくやっていけると思うのだ。

「まぁ、よく分からないけど無理はしないのよ！　なにかあったら、うちにかくまってあげるからね！　いつでも言いなさい」

「はーい」

彩は子供のように片手を上げる。

その元気な姿に香帆も安心したのだろう。口の端を上げて安堵の息を吐いた。

そして、一瞬にして顔を引き締め、腕を組みながら彩を見下ろした。

「それで？　わざわざ報告してきたってことは、なにか困ったことがあるんでしょう？」

「さすが香帆ちゃん！」

彩が跳ねながら手を叩く。やはり持つべきものは察しがいい親友である。

「で、なに？」

「し、下着を一緒に選んでくださいませんか？」

思ってもみない頼みだったようで、香帆は目を瞬かせた。


終業後、彩は香帆とともにお洒落な下着店に来ていた。

可愛らしいレースがついた下着が並ぶ店内は、見ているだけで楽しくなってくる。

彩は店員に薦められるまま色々な下着を手に取り、上機嫌で身体に合わせたりしていた。

そんな彼女を見ている香帆はどこか不機嫌そうだ。

「香帆ちゃん！　助かったー！　私、見るに堪えない下着しか持ってなくて。こういうお洒落なお店知らなかったから、本当に助かったよー！」

今までつけていた下着はよれよれのくたびれたものばかりだった。可愛らしいレースがついたものではないし、カップだって高校生の時以来ちゃんと測っていない。

上下だってもちろん揃ってはいなかった。

誰かに見せる予定はないし、恋人などいなかったので、今まではそれでよかったのだが、今は容赦なく彩の服をはぎ取ってくる桑羽がいるのだ。

彩だって服をはぎ取られると分かっていて、毎回よれよれの下着をつける気にはなれない。

「そう、役に立てたならよかったけど。……下着を気にするようになったってことは、もう桑羽社長とそういう関係ってことよね？」

「ま、まぁ……」

彩は視線を逸らしながらそう答える。

そんな彩の反応に、香帆はさらに不機嫌そうになった。

「本当に大丈夫？　私はアンタが騙されているようにしか思えないわよ？」

「そ、そうかなぁ……」

「付き合ってもないのに、身体の関係はあって、同棲もしているって聞いたら、普通心配するでしょう？　しかも、相手は黙っていても女がわんさか寄ってくるような男よ？　言っちゃ悪いけど、アンタを選ぶ理由が分からないわ」

「確かに……」

彩が桑羽の立場なら、自分を選ぶことはしないだろう。

もっと気立てがよくて綺麗(きれい)な女性なんて星の数ほどいる。

彩は気に入った数点の下着を包んでもらいながら、香帆に心配をかけないようにわざと元気な声を出した。

「まぁ、大丈夫だよ！　智也さん、変なところもあるけど基本的にはいい人だし！」

「彩がいいなら私はなにも言わないけど、あんまり入れ込みすぎないようにね！　遊びや身体目的って可能性もあるんだし！　『好き』だって『結婚しよう』だって、ベッドの上での言葉は大体、無効なのよ？」

その言葉に苦笑いしながら店を出る。すると、目の前に見知った男が立っていた。

「彩さん、迎えにきましたよ」

「智也さん？」

買ったばかりの下着を抱えて、彩は目を瞬(またた)かせた。

彼のうしろには黒塗りの高級車が控えている。運転手付きだ。

桑羽は彩の隣に立つと彼女の腰を自分のほうへ引き寄せた。

「ここで買い物をしていると連絡してくれたので、仕事を少し早く切り上げてきました。一緒に帰りましょう？」

「や、でも今日は香帆ちゃんと夕食を……」

「ご友人には、先ほどタクシーを呼んでおきました。それで帰ってもらいますから」

香帆には目もくれず、彼はそう言いながら彩を車のほうへ連れていく。

その強引な誘導に香帆は桑羽の腕を捕まえた。

そうして鼻に皺が寄るほど顔をしかめ、剣呑な声を出す。

「ちょっと待ってください！　彩から話は聞きましたけど、なんか色々と強引すぎませんか？」

「強引すぎる、とは？」

桑羽は視線を香帆に向けながらそう言った。その眼光は、まるで鋭いナイフのようだ。

二人の間に見えない火花が散る。

彩はそんな二人の間で、おろおろと視線をさまよわせていた。

「この子がいい子で騙しやすそうだからって、変なことしないでください！」

「俺たちのことは、君に関係ないはずです」

「関係あります。彩は私の大切な友人ですから。……中途半端なことはしないであげてください。彩が可哀想じゃないですか」

「中途半端？」

桑羽の声が低くなったところで、彩は彼の背にまわった。そうして、車に押し込もうと彼の背中を押す。

「智也さん行きましょう！　香帆ちゃん、ありがとう！　夕食、行けなくてごめん……

またね！」

一触即発の空気をどうにかしたくて、彩は冷や汗を流しながら彼を車に押し込めた。続けて彩も車に乗る。

窓の外の香帆はやはり不機嫌そうで、桑羽を睨みつけながら腕を組んでいた。

ほどなくして車は走り出した。車のエンジン音を聞きながら、彩は隣にいる桑羽を見上げる。

彼は考え込んでいる表情で、眉根を寄せていた。

「あの、智也さん、怒っています？」

恐る恐る声をかけると、桑羽はそこで初めて彩のほうを向いた。

「俺は、君になにか中途半端なことをしていますか？」

「え？」

「彼女に俺のことを相談していたのでしょう？」

そう言って向けられた瞳には、不安の色が揺らめいていた。

「俺の態度は不誠実に見えますか？　なにか気に障るようなことをしましたか？　それともやはり、こうして関係を強引に進めているのが嫌ですか？」

それは初めて見た弱気な彼の姿だった。

桑羽は、彩が香帆にしていた相談のことを、どうやら悪い方向に取ったらしい。

少し拗ねるような顔つきの彼の手を、彩は恐々握りしめた。

「えっと、うまく言えませんが、大丈夫ですよ？」

その言葉と行動に、桑羽は目を見開いた。

「本当に嫌だったら、逃げた時に警察に駆け込んでいますよ。そりゃ最初は鎖とか出てきてびっくりしましたけど、今はそういうのないですし。……ちょっと、エッチなのはあれですけど」

「……本当ですか？」

縋るような声に彩は頷いた。

桑羽は彩の腰を引き寄せ、肩口に顔を寄せる。

「俺は、君がどこかに行ってしまうのが心底怖い……」

その言葉に胸が温かくなる。

どういう意図で彼が自分をそばに置きたがっているのかは分からない。

好きという言葉がどこまで本当で、その感情がいつまで続くのか。それももちろん分からない。

けれど今は、彼に必要とされていることが嬉しかった。

「……どこにも行きませんよ？」

そう言うと、彼は驚いたように彩を見つめる。

「どうやったら、智也さんの機嫌が直りますか？」

「君は俺に機嫌を直してもらいたいんですか？」

「そりゃ、一緒に住んでいる相手の機嫌が悪かったら嫌じゃないですか」

その言葉に桑羽は嬉しそうに唇の端を引き上げた。

そうして、彩の持っている薄ピンク色のビニール袋を摘まみ上げる。

「それなら、君がこの下着をつけているところを見せてください」

「こ、これですか？　私が見せなくても、のちのち勝手に見るじゃないですか」

ビニール袋を胸に抱え直しながら、彩は頬を熱くした。

別に彼に見せるために下着を買ったわけではないが、彼に見られるから新しい下着を用意したのだ。見られることは想定済みだし、見られることを前提に下着を選んだ。

しかし、自分で見せるのと、見られるのでは大違いである。

「君が自分で見せてくれるのがいいんです」

彩の手のひらを自分の口元に寄せながら、桑羽はそう色っぽく言った。

桑羽の唇から移った熱が、じわじわと全身にまわる。彩が思わず視線を逸らすと、彼は彩の耳元に顔を寄せた。

「君が自分で見せてくれたら、俺の機嫌なんて一発で直りますよ」

「……見せるだけなら……」

もう何度も肌を合わせているのだ。今更、下着姿を見られるぐらいなんともない。そう思うのに、彩の胸は高鳴り、今にも心臓が口から飛び出そうなほどだった。

桑羽は彩のその答えに満足げに目を細めた。もう機嫌なんて少しも悪くなさそうである。

そうして、彼は彩の背に手をまわしてきた。

「え？」

桑羽の手のひらは、彩の背でもぞもぞと動く。

そして彼が手首をひねった瞬間、パチン、となにかが弾(はじ)けるような音がした。

彩は自分の身に起こった変化に、身体をくの字に曲げた。そして、胸元を押さえる。

「ちょっと、なんでブラ……」

「新しい下着、見せてくれるんでしょう？」

「ここ、車の中ですよ!?」

思わずそう叫ぶと、桑羽は唇の端を引き上げながら「だから？」と聞いてきた。

その色っぽい声に背筋が震える。

「彩さん、なにをしているんですか？　早く服を脱いでください」

「や、だって……」

「早く。さっき見せてくれると言いましたよね」

彩は車を走らせる運転手に視線をやって、それからいやいやと首を横に振った。

しかし、彼の攻撃はまったく緩まない。

「嘘をつく子には、それ相応のお仕置きが待っていますよ？　自分でできないなら、手伝ってあげます」

彼の手のひらが首筋を撫でる。そして、胸元まで指を滑らせて、シャツのボタンを一つ外した。

「ここで俺が全部脱がせて、着替えさせてあげます」

「や、やだ!!」

その意地悪な言葉に、彩の身体は反応してしまい、中心から汗が滴るような心地がした。

もう彼にいじめられすぎて、攻める言葉にさえも敏感になってしまう。

「……自分でやります、から」

ゆっくりと、震える手でボタンを外す。

そうして、シャツが開けると、いつもの味気ない下着が姿を現した。

うしろのホックが外れているため、肩紐が肩にかかっているだけで頼りない。ワイヤーの下からは膨らみが顔を覗かせている。

「さ、脱いで。これに着替えてください」

その声に身を震わせながら、彩はシャツを肩から落とした。そして、桑羽が差し出してきたブラジャーを手に取る。

ブラジャーを外すところを桑羽に見られまいとドアのほうを向くと、スモークがかった窓の外に人影が見えた。車はちょうど信号で止まってしまっている。

「あっ……」

「彩さんは、人に見られながら着替えがしたいんですか？　それは、……少し妬けますね」

桑羽は彩の耳元で、そうささやく。

「ほら見てください、あそこの青年。今、君のほうを見ていましたよ？　君の胸元をじっと……」

「――っ！」

「ほら、いい子ですから、こっちを見て。俺を見て着替えてください。……そこら辺の男にじろじろ見られるよりマシでしょう？」

彩は身を屈め、声を震わせた。

「やっぱり、こんなところじゃっ……!!」

「彩さんが一人で脱げないというなら、俺が脱がすだけですよ？　俺が脱がす場合、脱がすだけで済むとは思わないでくださいね」

彩は目尻に涙を浮かべながら桑羽のほうを向き、ブラジャーの肩紐を外した。

その姿を見た瞬間、桑羽は自らの唇を舌で濡らす。それがまるで獣が獲物を狙う時の舌なめずりに思えて、彼女は顔を逸らした。

（どうして私、こんなことに従っているんだろ。しかも、なんでちょっと濡れているの？）

彩の下着は明らかに濡れそぼっていた。我慢しても後から後から蜜は零れてくる。

彼女はそれを隠そうと膝に力を加えた。

そして、そのまま新しいブラジャーを着ける。

桑羽が渡してきたのは可愛らしいピンクの下着だ。外側には白いレースが縫い付けられていて、胸の中心には小さなリボンがある。

「これでいいですか？」

ブラジャーを付けてから桑羽にそう問うと、彼は片眉を上げ首を傾げた。

「なぜ、終わったようなことを言っているんですか？　下着というのは、ブラジャーだけではないでしょう？」

「えっ？」

彼は、セットのピンク色のショーツを取り出した。

「しかも、Tバック。俺のために、こんないやらしい下着を着けてくれる気だったと？　感動ものですね」

彩が買った下着は三点セットだった。ブラジャーと普通のショーツ、そして、紐のようなTバックだ。

もちろんTバックなんて難度の高いものを身に着ける気はさらさらなかったのだが、店の人にその場で捨ててくださいと言うのはもったいないので、一緒に持って帰ってきていたのだ。

「早く見せてください」

桑羽は彩の手にショーツを握らせた。もちろんいやらしいほうのだ。

彩は必死で首を横に振った。

「こ、こんなところで下は脱げません!!」

「あぁ、俺に脱がされたいんですか？　最初からそう言ってくれれば……」

桑羽の手は容赦なくスカートの中に入り込んでくる。その手を必死で掴んで、彩は桑羽を見上げた。

「これ以上はっ……!!」

「これ以上は？」

「これ以上は……部屋で……お願いします」

かすれた声でそう言いながら顔を逸らす。しかし彼の反応が気になり、そっと様子を窺った。すると、彼の喉仏が上下した。

「可愛すぎて、我慢できませんね」

「ちょっ……ん……」

身を寄せてきた桑羽は彩にキスを落とす。そして、そのまま手を強引にスカートの中に侵入させてくる。

「これは……」

「やぁっ!!」

桑羽の指先が彩の秘所を下着の上からくすぐる。

そうして、円を描くように撫(な)で、スカートの中から手を取り出した。その指先はてらてらと光っている。

「こんなに濡らして。彩さんは人に見られて興奮するタイプなんですか？」

いやらしくそう言いながら、彼は彩の蜜が付いた指先をゆっくりと舐(な)めた。

そして、そのままもう一度スカートの中へ手を侵入させる。濡れてびちゃびちゃになった下着を撫(な)でながら、彼は熱い息を吐いた。

「これでは、新しい下着を付けても、すぐに汚れてしまいますね」

「だ、だからっ！　あっ、部屋でっ！　んんっ！」

「部屋でなんて、お預けしないでください。すぐに、ここで、見たいんです」

「で、でも……」

彼の節くれだった指が下着の隙間から侵入してくる。そして、容赦(ようしゃ)なく彼女の中に潜(もぐ)

り込んでいく。

「あっ、あっ、あっ……」

「これ以上、下着が汚れないように、この彩さんのエッチなところを一度塞いでしまいましょう。そしたら、蜜も止まりますよね？」

いつの間にか指は三本に増え、中をグチュグチュと掻き混ぜている。三本の指が抜き差しされるたびに彩の腰は大きく跳ねた。

「あぁっ、あっ、ん、んんっ！」

「とりあえず、スカートは脱ぎましょうね？」

片手で彩の中を犯しながら、桑羽はもう片方の手で器用にスカートを脱がせる。快感で頭の回路が焼けきれそうな彩は、スカートを脱がされても抵抗できないでいた。いつの間にか彩は両腕を桑羽の首にまわしており、彼からの愛撫を享受してしまっている。

「さぁ、彩さん。こっちへ」

下着姿のまま誘われた先は、彼の膝の上だった。

彩は桑羽に跨って座っている。

彼はズボンから、そそり立つ雄を取り出す。もはや凶器のようなそれは、彩のへその前でどくどくと脈動していた。

少しだけ冷静になった彩は周りを見る。

窓ガラスは黒いスモークがかかっているが外は透けて見えるし、なにより車内には運転手がいる。

「ともやさんっ、恥ずかし……」

泣きそうな声でそう訴えると、彼はふっと笑って彩を抱きしめた。

「心配いりませんよ。実はこのガラス、外からは見えなくなっているんです」

「え？　だって、さっき……」

「あれはあまりにも彩さんが可愛い反応をするものですから、ちょっと意地悪がしたくなって……」

つまり、ここでの行為は外の人には見られていなかったということだ。しかし、運転手がいる。

運転手は前を向いたまま、黙々と自分の業務をこなしている。

「でも、運転手さんに……」

「彼は運転に集中していますから、俺たちのことなんて見えていませんよ。声を聞かれるのが恥ずかしいなら、我慢すればいいだけの話です」

「でも……」

桑羽の言葉に彩は視線をさまよわせた。

そんな彩の胸元に桑羽はキスを落として、そのまま痛いぐらいに吸った。

すると、そこに赤い花びらが散る。

「彩さん、来てください」

それはまるで甘えるような声だった。

「早く君を抱きたい。そんな姿を見せつけているのに、部屋まで我慢させないでください。……拷問です」

その苦しそうな声に胸がきゅんとした。

こんな大人な男性を捕まえてどうかとは思うのだが、可愛いと思ってしまったのだ。

「彩さん」

ねだるような声に、彩は下着をずらした。そして彼のモノに触れ、自らの秘所にあてがう。

「こんなことをするの初めてでなんで、下手だったらごめんなさい」

そう言いながらゆっくりと腰を下ろした。割れ目が徐々に広がって彼のモノをゆっくりと呑み込んでいく。下にいる桑羽も少し苦しそうに眉を顰めていた。

（気持ち、いいのかな……？）

その時、車ががたんと音を立てて跳ねる。

瞬間、彩は自分の身体を支えていた手と膝を滑らせてしまった。

「――――ぁあぁっ!!」

なんの前触れもなく、深々と太い杭が彩を貫いた。無理やり広がったそこは、ひりひりと痛む。

生理的な涙が飛び散って、唾液が口の端から顎まで伝った。

そんなあられもない姿に興奮したのか、桑羽は無言で彩の腰を掴み、彼女を突き上げてきた。

「あっ、あぁっ、まって、とも、や、さ……」

「もう、待てません」

荒々しくそう言いながら桑羽は彩を突き上げる。

ぐちゃぐちゃに、容赦なく、絶え間なく。

桑羽が休んでいる間も、車の振動が彩を苦しめた。車が少しでも跳ねれば、彩は嬌声を上げる。その声に興奮して、桑羽が動き出す。その繰り返しだ。

少しも休んでいる時間なんてない。

いつもより遠回りをしているのか、車に乗っている時間は驚くほど長く感じられた。

その間、彩は何度も達したし、全然休ませてもらえなかった。

「こんなに感じて俺を煽って、完全に理性の箍が外れました。今日が金曜日でよかったですね」

──その言葉で彩は家に帰っても寝かせてもらえないのだと理解した。

自分でも馬鹿なことをしていると思う。

車の中でこうやって男性に身を預けて、馬鹿みたいに腰を振っているのだ。少し前の自分なら考えられなかったし、今だって相手が桑羽以外なら到底考えられない。

たとえレン様が現実に存在していたとしても、こんな風に心や身体は開けなかっただろう。

（そっか。私、智也さんになら、なにされてもいいのか……）

自分の心の中を探るように、確かめるように、そう思った。

そして、納得した。

どんなに変態的なことをされても、いやらしい言葉で責められても、それを全部受け止めてしまっていたのは、彼が好きだからだ。

（智也さんは、どう思っているんだろう。付き合うとかは、考えてないのかな……）

彼に揺すられながら、彩はそんなことを思っていた。

今更ながらに、不安になる。彼は自分をどうしたいのだろう、と。

（もしも、身体だけの関係を求められているんだったら……）

突然湧き上がった彼への想いに、胸が苦しくなった。想いを自覚した途端、相手の反応が怖くなり、臆病な気持ちが強くなる。

その時滲んだ涙は、先ほどまで流していた涙とはまったく別のものだった。

◆◇◆

その日は雨が降っていた。

彩は会社のデスクからぼーっと外を眺めた後、うなだれながら息を吐いた。

桑羽のことを好きかもしれないと気づいてから数日、彩はもやもやとした気分のまま生活をしていた。桑羽は相変わらず仕事が忙しいようで、まともに顔を合わせてはいない。

「好き……か」

意識を無理やりパソコンの画面に向けながら彩はそう零した。

ふわふわとした意識とは反対に、指だけは器用にキーボードを叩き、書類を作り上げていく。

（智也さんを好きだとして、私はどうすればいいんだろう……）

告白をした場合、それから自分たちの関係はどうなるのだろう。彩は少し不安に思っていた。

桑羽は前に一度だけ彩のことを好きだと言ってくれたが、だからといって恋人になりたいようなそぶりはなに一つ見せない。

のだ。

彼の『好き』が、ペットや物珍しいものへの好奇心のようなものという可能性もある

もしも、望んでいなかった場合、彩の気持ちは桑羽にとって迷惑なだけだろう。

しかし、それを彼が望んでいるのか分からないまま告白するのは、少し怖かった。

彩としては自分の気持ちが定まった今、桑羽と恋人関係になりたいと望んでしまう。

（告白したら迷惑かな……）

数日間ずっと悩んでいるためか、酷く頭が重たかった。

悩みすぎて発熱しているのか頭も身体も火照って熱い。

そのくせ、手足だけは冷えていて、動かすのも億劫なぐらいだるかった。

「おい、一ノ瀬！　ちょっといいか？」

すぐそこのデスクで堀内がそう声をかけてきて、彩はうつろな目を上げた。そうして

立ち上がった瞬間、目の前が真っ暗になる。

自分の体調が悪かったのだと気がついたのは、倒れてからだった。

周りで自分の名前を呼ぶ声を聞きながら、彩はゆっくりと意識を手放した。

彩の意識が戻ったのはそれから三十分後だった。

寝かされていたのは会社の仮眠室に備え付けてある簡易的なベッドで、彩は頭を押さ

えながらフラフラと身体を起こした。

頭が重い。身体が震える。

身体の節々（ふしぶし）がまるで錆（さ）びているかのように動かしにくく、動かすと引きつるような痛みを伴った。

（これ、完全に風邪だ。熱も……たぶんある……）

途切れ途切れの思考回路でそう判断をする。もうこれでは仕事にならないだろう。

壁にかかっている時計を見たところ、ちょうどお昼休みに差し掛かったところだった。

「あら、起きたのね。大丈夫？」

そう言いながら扉から顔を覗（のぞ）かせたのは香帆だった。

彼女は心配そうに眉根を寄せて、彩のほうへと近寄ってくる。

そうして簡易ベッドの横に椅子を持ってくると、その上に彩の荷物を置いた。

「今日は早退しろって、堀内課長が。私も今日は午後から有給をもらったから、一緒に帰るわよ」

「帰るって？」

「今日は私の部屋に泊まりなさい。桑羽社長、帰ってくるの遅くなるんでしょう？　今日は特別に看病してあげる」

「でも……」

「こんな状態の友達を放っておけるわけないでしょう？　桑羽社長がもしなにか言って来たら、私が代わりに怒ってあげるわよ！　だから、ね？　今日だけ」

「……分かった。ありがとう」

彩は渋りながらも、友人の気遣いに感謝し頷いた。

桑羽が帰ってくるのは今日もきっと深夜過ぎだろう。

その時間に帰ってくるのなら、彩なんていてもいなくても同じである。

それに、彩が近くにいて、忙しい桑羽に風邪をうつしてしまうのも少し怖かった。

「それじゃ、タクシー呼んであげるからそれで帰るわよ」

その声に頷きながら、彩も桑羽へ連絡をするために携帯電話を開いた。

すると、携帯電話の電源が切れていることに気がついた。

昨晩、充電しておかなかったのが原因だろう。

(香帆ちゃんの部屋で充電させてもらってからでも遅くないか……)

幸いにも時間はまだお昼を過ぎたあたりだ。夕方までに連絡をしておけば大丈夫だろうと彩は携帯電話を鞄にしまい込んだ。

しばらくしてやってきたタクシーに乗って、二人は会社を後にしたのだった。

「念のために聞くけど、倒れたのって桑羽社長のせいじゃないわよね？」

香帆がそう聞いてきたのは夜が更けてからだった。

あれから香帆の部屋にお邪魔した彩は、そのまま爆睡。昼食も夕食も食べずに眠りこけて、起きた時にはもう夜九時をまわっていた。

たくさん寝たせいか、体調はすこぶるよくなっている。

まるで倒れたことが夢か幻のように思えてしまうぐらいだった。

彩は香帆のベッドから身体を起こし、頭を横に振った。

「全然違うよ。ただ単に体調が悪かっただけ。あと、知恵熱かな？」

「知恵熱？」

「最近、色々考えることが多くてさー。柄にもなく色々思い悩んじゃっていたから！」

「それって、桑羽社長のことで？」

香帆の鋭い指摘に彩は一瞬固まる。そして、苦笑しながら頬を掻いた。

「……まぁ……」

「やっぱり、アイツのせいで倒れたんじゃない」

取引先の会社社長をアイツ呼ばわりして、香帆は鼻に皺を寄せながら怒った。どうやら彩のことを無理やり囲った桑羽のことを、香帆は相当嫌っているらしい。

そんな彼女に彩は焦って言い訳をする。

「私が勝手に悩んでいるだけだから！　ほら、香帆ちゃんのおかげで体調も結構よくなったし！　大丈夫だから！　本当に！」

おどけるように彩はガッツポーズをして見せた。

香帆も桑羽も彩にとっては大事な人だ。できれば、いがみ合いなんてしてほしくない。

「もうやめたら？　そんなに思い悩むような関係なら。桑羽社長だって本気かどうか分からないんでしょう？」

「そんなこと……」

彩がそう零した時、その言葉と重なるように部屋のチャイムが鳴った。

香帆がインターフォンに出ると「お届け物です」という男性の声が聞こえる。彼女は「ちょっと待っててね」という言葉を彩に残し、その場から消えてしまった。

「こんな時間まで大変だなぁ」

白い壁に掛けられている時計はちょうど夜十時を指していた。こんな時間まで配達をしているだなんて、本当に尊敬してしまう働きっぷりである。

彩は香帆が戻ってくるのをじっと待っていた。

ふと、自分の携帯電話に目がいく。

彩はそこでようやく、桑羽に香帆の家に泊まるという連絡をしていないことに気がついたのだ。

（やばい!!　智也さん、心配しちゃう！　そして、ペナルティが……!!）

彩は顔から血の気が引いた。慌てて携帯電話の充電を始めるが、まだ画面は暗いままだ。

その時、玄関のほうでなにやら言い争うような声が聞こえた。

そして、金属を断ち切るような音が響く。

「ちょ、勝手に入らないでって！　アンタ、聞いてんの？」

耳を劈く香帆の声の後に、彩がいる部屋の扉が勢いよく開かれた。

「彩さん、迎えに来ましたよ」

「へ？　智也さん？」

そこにいたのは桑羽だった。手には大きなニッパーのようなものを握りしめている。

その腕に香帆がしがみついて、彼の侵入を拒もうとしていた。

「どうしてここに……」

「GPSの発信機を彩さんの鞄に入れておいたので、それを辿ってきました」

彩はその言葉に鞄の中をさらう。

すると鞄のサイドポケットに、百円玉のような丸い物体が入っていることに気がついた。

その装置の裏にはGPSと小さく書いてある。

「うわー……」

思わず引いたような声を上げたのは香帆だった。

桑羽を止めることを諦めた彼女は、彩の手の中にあるその丸い物体を見下ろしながら、頬を引きつらせている。

「それでは、彼女は連れて帰ります。彩さん、帰りますよ」

「ひゃぁっ！」

言うや否や、桑羽は彩をまるで俵でも担ぐかのように肩に乗せた。そして、そのまま玄関から出ていこうとする。

その突然の行動に香帆も桑羽を止めようとしたのだが、あっという間に彩は玄関まで連れて行かれてしまった。

「あ、あの、下ろしてくださいっ！　自分で歩けますから！」

「ダメです」

キンと冷たいその一言が耳朶に突き刺さる。

桑羽は彩の腰に爪をつきたてながら、内臓に響くような声で「抵抗しないほうが身のためですよ？」とささやいた。彩は思わず息を呑む。

「……あと、彩さんの友人の方」

「香帆よ」

「それでは香帆さん。彼女の荷物は後で俺の部下に取りに来させます。俺が壊してしまったドアチェーンはこの後すぐに業者が交換に来ますから安心してください」

「ドアチェーン？」

ひっくり返った彩の声に、香帆は桑羽を睨(にら)みつけたまま低く唸(うな)った。

「切ったのよ。その男。なんの躊躇(ためら)いもなくね」

「えぇぇ？」

彩を抱えたまま桑羽は香帆のほうに振り返る。そして、彼女を見下ろすと、ゆっくりと唇を引き上げた。

「それと、今後お節介は結構ですので」

そう宣言した桑羽は、玄関から出て行ってしまった。

「アンタ、とんでもない奴に捕まったわね……」

担(かつ)がれた彩を哀れむように見送りながら、香帆はそう一言零(こぼ)すのだった。

「それで？　会社で倒れたから、彼女の家で世話になっていたと？　そういうことですか？」

「はい」

「体調は？」

「もう問題ありません」

彩はベッドの上で正座をさせられたままそう答えた。

身体が自然と震えてくるのは、彼がペナルティと称してなにをしてくるか予想がつかないからだ。

不安を抱えて顔を上げたところ、彩の予想とは裏腹に心配そうに眉根を寄せる桑羽がいた。

「風邪ですかね。あまり身体を冷やしてはいけませんよ。ほら、もう今日は寝てください」

そうして優しく布団に寝かされて、彩は目を瞬かせた。

「あの、怒ってないんですか？」

「なにを？」

「香帆ちゃんの家に行っていたのに、私、連絡しなかったから……」

布団を鼻先まで持ち上げてそう言うと、桑羽はベッドの縁に座りながら「あぁ」と声を漏らした。

「怒っていますよ」

「……やっぱり……」

「でも、まぁ、今回は事情が事情ですからね。大目に見ます。今後は気をつけてくださいね？」

額を撫でながらそう言う彼に、彩の胸は温かくなる。

そして、いやらしいことをされるとばかり思っていた自分を、深く反省した。

「私、なんか勘違いしていました。帰った後、ペナルティと称してなにをされるのか不安で……」

「あぁ、ペナルティは後日でいいですよ」

「えぇ!?」

彩はひっくり返った声を上げる。

「当たり前です！　久々に早く帰宅できて、今日は彩さんをいっぱい可愛がってあげようと胸を躍らせていたのに、扉を開けると君がいない！　帰ってきた形跡もない!!　……この時の絶望が分かりますか？」

「ごめんなさい。よく分からないです」

あまりの熱量に引きながら彩はそう答えた。

確かに、心配させてしまったのは悪かったと思っているのだが、『絶望』とまで言われると話が変わってくる。

「いいですか？　冗談ではなく、君がもし俺の隣からいなくなってしまうことがあったら、俺はもう生きてはいけません」

「重い……」

「うるさい」

思わず出てしまった本音に桑羽はぴしゃりとそう言う。

そしてそのまま続けた。

「だから、こうやって君を囲ってしまうんです。絶望した自分がなにをするか、俺自身も分かりません。だから逃げないことは、君のためにもなるでしょう。というわけで、君の意見は聞きません。あと、彩さんを可愛がりたいので、ペナルティもきちんと科します。以上！」

（智也さんってなんていうか、やっぱりすごく強引な人だよなぁ……）

出会った当初のにこやかな笑顔からは想像もできない本性である。

しかし、その本性でさえも最近は可愛いと思っているから重症だ。

桑羽は少し苛立（いらだ）たしげに、自身の髪の毛を掻き混ぜる。

「俺だって本当はこういう形で、君にそばにいてほしいと思っているわけじゃないんです。まずは身体から、そしてゆくゆくは心まできちんと手に入れて、そこで俺はやっと安心できる」

「心まで……？」

そういえば、最初に抱かれた日も桑羽はそんなことを言っていた。

その時は夢だと思っていたし、色々と初めての経験ばかりで混乱していたので、ちゃんとは覚えていないが、確かに同じような内容だった。

桑羽の表情が少し曇る。そしてまるで自分自身を嘲笑（あざわら）うかのような笑みを口元に浮かべた。

「君が身体を許してくれるのは、君の言う『レン様』とやらと俺が似ているからでしょう？　ですからまずはそのレン様とやらへの想いを断ち切らせ、俺自身を見てもらい、さらにそれから俺を好いてもらわないと……って、自分で言っていて泣きそうになりました。先が長すぎる……」

首を振ってため息を吐く桑羽とは対照的に、彩は自身の口元を緩ませた。

――もしかしたら、彼も自分と同じ気持ちなのかもしれない。

彼の『好き』は自分と同じ『好き』なのかもしれない。

そう思うだけで、嬉しさが込み上げてくる。

「私が智也さんのことを好きになったらどうするんですか？」

声が震えたのは緊張していたからだ。

桑羽はまた一つため息を吐いて、視線を天井に投げる。

「どうするもなにも、そこからは恋人同士としてそばにいてもらうつもりですよ？　そんな夢物語を語らせないでください。虚しくなってくる。……こうやって無理やり一緒に住まわせている時点で、君が俺にどういう感情を抱いているかなんて、分かっているんですから……」

「智也さん……」

嬉しさで彩の胸がいっぱいになる。

しかし、彩のほうを見ようともしない桑羽は、そのことに気がつかない。

「俺は諦めるつもりなんかありませんからね。なんであろうが利用して、君にこちらを向いてもらうつもりです」

「あの……」

「正直、今まで自分の顔が好きではなかったんですが、今は感謝していますよ。この顔のおかげで君と出会えたんですから」

「好きですよ」

「分かっています。この顔が、でしょう？　だから俺は……」

「智也さんが、好きです。レン様とかじゃなくて、智也さんが……」

その瞬間、彼が息を詰めるのが分かった。

桑羽はゆっくりと首をまわして彩のほうを見る。

「俺の、顔が？」

「顔以外も、です」

「身体ですか？」

「全部です。心も、顔も、身体も、全部！」

目元以外は布団で隠したまま彩はそう答えた。

桑羽はそんな彩に、勢いよく覆いかぶさってくる。

「本当ですか？　今更やっぱり嘘だとか言われたら、立ち直れませんよ？　というか、なんで今まで言ってくれなかったんですか？」

「だって、『好き』だとは言われていましたけど、恋人になりたいとかそういうこと言われてなかったですし……。もしかしたら、身体だけの関係なのかなぁって……」

「そんなわけないでしょう！　好きなら付き合いたいに決まっています！　言っておきますが、身体を慰めたいだけなら一緒に住んだりしませんよ！　あと、囲い込むような真似もしない!!」

今日の桑羽は、いつになく余裕がない。

必死な彼の顔を見上げながら、彩は幸福で胸がいっぱいになってくるのを感じていた。

「本当に、信じていいんですよね。君は俺が好きなんですよね？」

その言葉に一つ頷いた。その瞬間、抱きすくめられる。

彼の腕は逞しく、苦しいぐらいだ。

「ははっ！　嬉しいです！　彩さん、ありがとうございます！」

子供のように笑いながら、桑羽は頬をすり寄せる。

そして、砂糖をまぶしたような甘ったるい声を出した。

「夢みたいです。今まで生きてきて、一番嬉しい」

染み入るようにそう言われて、彩は頬を熱くした。

「そんな、大げさですよ……」

「大げさじゃないですよ。事実です」

彩の顔にかかった髪の毛を優しく掻き上げて、彼は微笑む。

「これから、恋人ってことでいいんですよね？」

確かめるようなその言葉に、彩はゆっくり頷いた。

「よろしくお願いします。彩」

「はい。こちらこそ、よろしくお願いします」

そうして合わさった唇は今までで一番優しく、甘かった。

第四章　本当に好きなのは誰？

同棲をして一か月が過ぎた頃、仕事の忙しい時期を乗り越えた桑羽は、彩の目から見ても絶好調だった。

そして今まで以上に嫉妬深くなっていた。

「あ、っ！　んぁ、あ、あぁ、くわば、さん、ちこくしちゃうっ！」

「彩がいけないんですよ。朝から俺を怒らせるようなことするから……」

「してな、いって、ばぁ、んぁ」

彩は窓ガラスに上半身を張り付けて腰を突き出し、桑羽に背後から襲われている。

もうそろそろ出社準備を始めなければ間に合わないという時間帯に、桑羽と彩は繋がっていた。

桑羽は腰の動きに強弱をつけ、彩を翻弄する。

彩の足元には丸いシミがいくつもできていた。

「君が他の男を褒めるからいけないんです。君と俺は恋人でしょう？　よそに目を向けられては困ります」

「テレビに、出てた、俳優さん、でしょっ」

「はい、そうですよ。でも、『かっこいい』と褒めていたじゃないですか？　正直、君の瞳に俺以外の男が映るだけで、俺は気に入らないんですよ？　それなのに、目の前で褒められて、これに腹が立たなくて、なにに腹が立つと言うんです？」

じゅぶじゅぶと突き上げられて、彩は声を嗄らすぐらい喘ぐ。

だらしなく開いた口の端から、よだれがぽたりと床に落ちた。

「最近の彩は他に目がいきすぎですからね。ここらへんで自分が誰の恋人かちゃんと理解してもらわないと……」

「やだ、も、それぐらいの、ことでっ！　やだぁあんっ！　んんっ」

彩は腰を突き上げられながら、いやいやと首を振る。

しかし、桑羽の動きはどんどんエスカレートしていくようだった。

「彩、君にとっては『それぐらいのこと』でも、俺にとっては重要なことなんです。俺がどれだけ君を好きなのか、君は本当に分かってない」

「それ、はっ……――っ！　んんっ！」

「分かっていたら、俺の目の前で他の男のことは褒められないはずですよ？　あぁ、それとも朝からこうやって突き上げてほしくて、わざとあんなこと言ったんですか？　……彩はエッチですね」

「あっ、ち、ちがぁ……」

桑羽の腰の動きが速まる。

彩はもう立っていられず膝を折ってしまうが、崩れ落ちそうな身体を支えて桑羽はさらに動きを速くした。

「違うんなら、俺の本当の気持ちを君はまだ理解していない。俺は君に頭の中を支配されているんです」

「あ、あ、あっ！　支配って、って……っ！」

「好きですよ、彩。君も俺に堕ちてきてください。まだ、足りないんです。もっと、もっと……」

もう最後とばかりに、桑羽の腰が彩の最奥をごつごつと突き上げる。

彩は揺さぶられながら身体を反らして達した。

「……はぁ。身体がもたない」

始業時刻ギリギリに出社した彩は、気合いを入れ直して仕事に励み、なんとか一段落つけた。そうして、一人愚痴を零しながら机に突っ伏した。

そして、朝から求められた身体をいたわるように腰をさする。

——忙しい時期が過ぎたらしい桑羽は最近、前以上に彼女を求めていた。

今日のように朝から身体を弄られる日もあれば、明け方まで寝かせてもらえない夜もある。

そんな彼の執拗なまでの求めに応じるのは、体力的に厳しくなっていた。

「というか、もう十分好きって伝えてると思うんだけど、智也さん的に足りないのかなぁ……」

今朝のやり取りを思い出して、彩は口を尖らせた。

そして、ぼぼっ、と顔を熱くする。

「智也さんが正直すぎるんだよー！　普通はそんな風に言えないってー！　『君に支配

されている』とか!!　大体、テレビの俳優さんに嫉妬とか！」

小さくそう言いながら彩は頭を抱えた。

そして、身体を横に揺らす。

「でも、嫉妬深いのもちょっと嬉しいとか思ってしまう、私!!」

「はいはい。ご馳走様」

気がつけば香帆が、彩の机の前で買い物袋を揺らしている。

「はっ！　き、聞いていた？」

そして、周りを見渡すと、オフィスには人がほとんどいなくなっていた。

「昼休憩よ。食べに行かないの？」

「た、食べる！」

焦りながらそう言って、二人は社員食堂へ向かうのだった。

「っていうか、アンタたち、ちゃんとうまくやっているのね。なんか安心したわ」

「え？」

彩は香帆のその言葉に驚いた顔つきになった。

彼女はずっと桑羽と彩の仲を反対していたはずである。

慌てて目の前の香帆を見ると、彼女は優しく微笑んでいた。

「最初は、なにこの男？　って思っていたけど、アンタも幸せそうだしね。もうちゃんと付き合っているんでしょう？」

「う、うん。一応」

頬を熱くしながら彩は頷いた。

目の前にあるカレーを掻き混ぜながら、照れたように視線を逸らしている。

「アンタは『レン様、レン様』騒がなくなったし、社長も真面目にアンタとのことを考えているみたいだしね。あれは相当アンタに入れ込んでいるわよ……。ベタ惚れね」

そういえばいつの間にか、桑羽を見ても『レン様！』とは思わなくなっていた。

むしろ最近ではレン様を見て『智也さんに似ているなぁ』と思うくらいだ。

「ベタ惚れかなぁ……」

「じゃないと、ドアチェーン壊してまでアンタを迎えに来ないわよ」

「その節はどうもすみませんでした」

壊したのは桑羽なのだが、彩は思わず頭を下げた。

「まぁ、それは別にいいのよ。ちゃんと直してくれたし、なんかお見舞い金みたいなのももらったしね。ほんと気前がよくて助かっちゃったー！」

それでこれ買ったのよ、と香帆は、最近会社に持ってきているブランドの鞄を指で弾いた。その鞄を見ながら彩は、智也さんいったいいくら渡したんだろうと少し心配になる。

「しかし、ホント物好きよね、あの社長。なんでアンタみたいなちんちくりんを好きになったのかしら」

ちんちくりんなんて酷い！　と思ったが、事実なので言い返せない。

彩はぐぬぬと奥歯を噛みしめながら友人の豊満な胸を睨んだ。

そんな彩をよそに、香帆はその長い脚を組み直す。

「アンタたちさ、もしかしたら仕事で会う前からどこかで面識でもあったんじゃないの？」

「面識？」

「そ。面識があったんなら、社長がアンタに惚れているのもまだ理解できるじゃない！どこかでアンタが社長を助けたとか、励ましたとか！　まぁ、理解できても、あの束縛の強さは異常だと思うけどね」

バッサリとそう言ってのける香帆は、どこまでもサバサバ系だ。

「面識かぁ。どこかで会ったことがあったのかなぁ……」

彩は一方的に彼のことを知っていたが、それは面識というものではない。

話をしたのは最初に営業で彼の会社に行ったあの時が本当に初めてだし、もし仮にどこかで顔を合わせていたのなら、彩が忘れるはずがない。

「……じゃあ、どうして智也さんは……」

もう今更彼の気持ちを疑ってはいないけれど、それでも一度『どうして』と思ってしまうと、疑問は膨らんでいく。

もうこうなれば気になって仕方がない。

彩はいつもより早く仕事を終わらせ、さっさと帰宅したのだった。


「あの、智也さん。私たちって仕事で知り合うまで、まったく面識なかったですよね？」

彩は仕事から帰ってきた桑羽に開口一番そう聞いた。

そして、とってつけたように「あ、お帰りなさいです！」と声を出す。

桑羽はジャケットを脱いでいた手を止めて彩をまじまじと眺めた。

そうして、なんのことか分からないと目を瞬かせた後、「はい。そうですが、なにか？」といつもの調子で返してきた。

首をひねる桑羽に、彩は少しはにかんだ。

「えっと、どうして智也さんは私のことを好きになってくれたのかなぁって！　なにがきっかけだったのか知りたいなぁって、思っちゃいまして！」

「…………」

彩の質問の後、桑羽はぐっと喉の奥を鳴らすようにして押し黙った。

彩はその様子に疑問符を浮かべながら、恐る恐る彼に声をかける。

かった。


「智也さん？」

「いえ、一目惚れ、みたいなものですよ。いいじゃないですか、きっかけなんて」

(え？)

「それより、今、俺が君のことを好きだって事実のほうが大切じゃないですか？」

(な、なにか隠している？　絶対なにか隠している！)

にっこりと営業スマイルを張り付けてそう言う彼は、どこからどう見ても完全に怪しかった。

「って、ことで、侵入！」

桑羽がなにか隠していると感づいた翌日、彩は仕事を休み、桑羽の部屋の前にいた。

その手にはピッキングツールを握っている。

それは千枚通しのような道具で、先端の形がそれぞれ違った形をしていた。全部で三本ある。昨晩、ネットの超お急ぎ便で注文した代物だ。

どこからどう見ても犯罪臭しかしないその道具を巧みに操り、彩は桑羽の私室のカギを開けたのだ。

「いやー、オートロックとかカードキーみたいなのじゃなくてよかったよねー」

そんな風に笑いながら、彩は手の中にあるピッキングツールをくるりとまわす。

玄関のカギは、さすがにセキュリティが高くてピッキングでは開けられない。だがそれぞれの部屋についているカギは、彩でも専用の道具を使い、時間をかければ開けられるようなものだった。

彩は笑っていた顔を収めると、今度は慎重に扉を開く。

桑羽は今日遅くなると言っていたので、万が一にも帰っては来ないだろうが、部屋の主(あるじ)に黙って侵入しているのだ、どうにも緊張してしまう。

「何気に初めて入るんだよなぁ」

こうやって部屋を探ることは桑羽を裏切っているようで罪悪感もあったが、それ以上に、彼になにか隠されているのではという不安のほうが大きかった。

彩はくすぶる罪悪感を掻き消すため、胸の中である言葉を繰り返す。

(ここは、智也さんの部屋じゃない。レン様の部屋、レン様の部屋!)

「な、なんか、レン様の部屋、って思ったら興奮してきた!」

やはりアホの子である。

扉の先にあった部屋は、なんてことない一室だった。

もちろん家具や置いてあるものは一級品ばかりだが、それにしてもシンプルだ。

十畳ほどの部屋の壁には、天井まである本棚。

そして、部屋の中央には大きな机と椅子が置いてあるだけだった。

「なんていうか、智也さんらしい部屋って感じだなぁ」

必要最低限のものしかないその部屋は、なんとなく彼にぴったりだ。色も派手なものは好まないらしく、全体的に茶色や黒、明るい色といっても白ぐらいしか使っていない。

彩はそんな部屋を見渡しながら、「よし、やりますか！」と腕まくりをした。

しかし――……

「なーんにも見つからないなぁ……」

探し始めてから一時間後、彩はすでに音を上げていた。

それはそうだ。書斎机の引き出しに入っていたのは仕事に使う書類ばかりで、まったくプライベートには関係のないものばかりだった。

本棚のほうも経済学や帝王学などの彩にはよく分からない本で埋め尽くされていて、彼の卒業アルバム一つ見つけることができなかった。

「智也さんって趣味とかないのかな……」

彼と住み始めて一か月、まだまだ彼のことは分からないことばかりだ。

彩は唸りながら机を一周する。すると、机の天板がやけに厚いことに気がついた。

「これって、もしかして……！」

椅子を引き、彩は机の下に身体を潜らせた。

そして、天板に携帯電話のバックライトを当てる。

「あった！」

彩は思わず声を張る。そこには小さな鍵穴があったのだ。

持ってきたピッキング道具を使い、解錠を試みる。

幸いなことにその机はアンティークもので、カギの形状も古く、さほど複雑ではない。

なので、五分ほど鍵穴をいじれば、彼女でもすぐにカギを開けることができたのだった。

彩は椅子に座り、天板をスライドさせる。すると、そこには一冊の本が入っていた。

「なにこれ。本……じゃなくて、日記帳？」

パラパラとページをめくると彼らしい達筆な字がずらりと並んでいた。

飛び飛びながらも上のほうに日付が書いてあるから、日記帳とみてまず間違いない。

「さすがに日記は読んだら悪いような……。でも、ここに智也さんの秘密があるかもしれないし!!」

日記帳を抱きしめる彩の頭の中で、天使と悪魔がガチンコ勝負を始める。

決着がつかないまましばらくうんうんと唸っていると、日記帳から一枚の写真がするりと彩の足元に落ちてきた。

彩は何気なくその写真を手に取り、わぁっと声を上げる。

「これって、もしかして智也さん？　若い！」

桑羽は現在三十二歳。写真の中の彼はどう見ても二十代前半。

つまり、写真は十年近く前のものということになる。

「なんかこの頃の智也さんもかっこいいけど、今のほうが色気があるっていうか、大人の男の人って感じだよなぁ。……で、この女の人は当時の彼女、かな?」

猫を抱く桑羽の隣には、清楚で綺麗な女性が写っている。

ハーフアップにした長い髪の毛や襟のついた清楚なワンピースはいかにもお嬢様といった感じの雰囲気だ。

そんな彼女は桑羽の隣でおっとりと微笑んでいる。

彩は写真を裏返す。するとそこには『可愛い類と』という文字。

筆跡からいっておそらく桑羽の書いたものだろう。

なんだかその文字の羅列だけで、類という人が桑羽にすごく愛されていることが伝わってくる。

(なんか、ちょっと落ち込んできたかも……)

思いがけず桑羽の過去を知り、彩はショックを受けた。

ベッドでのあの手慣れている様子からいって彩が初めての女性ということはまずないと思っていたが、こうして過去の女性を目の当たりにするとどうにもいたたまれない。

(しかも、写真をこんな風に大切にしまっていることは、忘れられない人なのかな。智也さんは別れたくなかったとか?)

もう十年くらい前の話だから気にしなければいいのに、それでもぐずぐずと彩は考え込んでしまう。

そんな中、いつかのピロートークが頭をかすめた。

『……やっぱり君は類に似ていますね』

優しげな声が脳内で再生されて、彩は固まった。

もしかしたら、そう思う傍(かたわ)らで、でもまさか、と彩は自身の考えを塗り潰(つぶ)していく。

(だって、類さんと私って全然似てないもん)

彩はその写真を日記帳に挟み直し、元の場所へしまう。そして、部屋の中も元通りに戻していく。

「たぶん、……気のせいだよね」

彩はそうつぶやいた後、元気をどこかに落としたまま部屋のカギをかけ直すのだった。

◆◇◆

「なんだか今日は元気がありませんね。大丈夫ですか?」

食事もシャワーも終え、後は寝るだけになった夜十時、桑羽は気遣うようにそう彩に問いかけた。心配そうに眉根を寄せて、ベッドの縁に座り込んだ彩の前に膝をつく。

そんな桑羽を見ないようにしながら、彩は「大丈夫です」と小さくつぶやいた。

「なにか悩みでもあるんですか？　それなら話してみてください。なにか力になれるかもしれませんし」

その声はどこまでも優しい。

意地悪な時もあるけれど、基本的に彼は彩を大切に想ってくれているのだ。

だけど、それがもし、望んでももう手に入らない誰かの代わりだとしたら？

桑羽が自分を通して忘れられない誰かを見ているのだとしたら？

そう思った瞬間に、彩の胸がギュッと苦しくなる。

(きっと気のせいだよ。だって、類さんは私みたいに胸がぺったんこじゃないし、ちんちくりんでもないし、なんか上品だったし、清楚だったし……)

「彩」

宥めるような、ゆったりとした低音が耳朶を震わせる。脳を通って、神経を伝って、内臓をじんわりと温めていく。

「……あ、あの、類さんって、私と似ているんですか？」

桑羽の優しい声音に、彩は気がつけばそう口走っていた。

彩のその言葉に、桑羽は少し目を見張る。

「なんで類のことを……」

「いや、前に智也さんが私のことを『類に似ている』って言っていたのを思い出してしまって！　別に話したくないとかならいいんですよ！　すこーし気になっただけですから！　すこーしだけ……」

いつものトーンを取り戻そうと彩は無理して笑う。

そんな彼女の心中を知ってか知らずか、桑羽は「そうですね……」と考えるようなそぶりを見せた。

「君と類はよく似ていると思いますよ。いつも元気なのに、お腹が減るとしょんぼりとしてしまうところとか。寝ている時の甘え方とか、姿勢とか」

懐かしそうに目を細める桑羽に、彩の胸はきゅっとなる。

心臓がまるで雑巾のように絞られている心地だ。

彼の視線が、ゆったりとした微笑みが、どれも類という人に向けられているように思えて、彩はゆっくりと視線を下げた。

「あの、智也さんは私と類さんを、重ねたりは、して、いませんよね……？」

途切れ途切れになった言葉はだんだんとしぼんでいく。

最後の一言なんて隣にいても聞き取れるか怪しいところだ。

さすがの桑羽もおかしいと思ったのか、彩の顔を覗き込み、心配そうな声を出す。

「どうしたんですか？」

「………」

「……仕草から行動まで色々似ているものですから、そういうこともありますよ。もしかして、なにか気に障りましたか？」

悪びれることもなくそんなことを言う桑羽に、彩は下唇を噛んだ。

「いいえ！　大丈夫です！　前に『類に似ている』って言われた時からちょっと気になっていただけなんです！」

（大丈夫。まだ大丈夫。たまたま似ていただけかもしれないし……。それで好きになったってことは、さすがにないと思うし……）

彩は肺の空気をすべて吐きだすと、満面の笑みを顔に張り付ける。そして、自分の考えを確かめるように、慎重に言葉を発した。

「……えっと、あの、もしかして、好きになってくれたのもそれが理由だったりして……」

「まぁ……」

躊躇いがちに桑羽は肯定を示す。その瞬間、彩の心臓がふたたびギュッと縮んだ。

（どうしよう。思っていたより、辛いかも……）

桑羽のような素敵な人が彩みたいにどこにでもいるＯＬを想ってくれているなんて、

なにかあるんじゃないか。そう思ってはいたけれど、この事実は彩の心臓に太い杭を打ち込むくらいの衝撃だった。

しかも桑羽の態度は彩に少しも悪いと思っていない様子である。

（私に元カノさんを重ねていたんなら、智也さんが会って間もない私を好きだと言い出したことも説明が付く……）

彼が好きだったのは、自分じゃない。

その事実に胸が痛んだ。

（ちょっと、距離置きたいかも……）

それでも別れるなんて選択肢が出ないあたりが自分の弱いところだ。惚れたほうが負けというのは、その通りなのだと彩は実感した。

彩は口角を無理やり上げると、いつもと変わらない声を出した。

「そうなんですね！　あー、謎が解けてすっきりです！　あ、今日は疲れちゃったんで、もう寝ますね！　智也さん、おやすみなさいです！」

まくしたてるようにそう言って、彩は頭まで布団をかぶった。

背中の向こうで桑羽が不思議そうにしている気配が伝わってきたけれど、彩は涙をこらえるのに必死で、フォローを入れることができなかった。

「やっぱりね。都合がいい話だと思ったわ……」

「ごめんね。なんか相談に乗ってもらっちゃって」

翌日。泣いて腫らした目を細めながら彩は苦笑いした。

場所は桑羽のマンションからさほど遠くないビジネスホテル。

彩は類の話を聞いた翌朝、ここに逃げてきてしまった。

そしてマンションを出る前に連絡した香帆が、仕事帰りに彩のもとに駆け付けてくれたのだ。

「アンタから『もし智也さんに私がいなくなったって聞かされても、一緒に捜さなくて大丈夫だからね』って連絡もらった時は、束縛が嫌で失踪でもするのかと思ったわよ」

「ほんとごめんね？」

彩は申し訳なく思いながら頭を掻いた。

「別に謝らなくてもいいわよ。アンタなりに気を使ってくれたんでしょう？」

「前のこともあるから一応、と思って」

前に一度、彩は香帆の部屋で桑羽に捕まっているのだ。

彩が消えた後、桑羽が香帆の前に現れる可能性は高い。

なので、彩はその前に香帆に連絡を入れていたのだ。

「それより、逃げてきたなら携帯電話置いてきたんでしょうね？　あれのGPS機能とか使われたら厄介よ？　あと鞄も。前みたいに見つかったら、また強制的に連れ戻されちゃうわよ」

「うん。全部置いてきちゃった。今持ってきているのは財布と通帳、下着とか服を少しだけ。ちゃんと変なものが入ってないかどうかは調べたから大丈夫！」

「まぁ、それが正解ね。あの社長、盗聴器とか、GPSの発信機とか、どこにつけているか分からないもの。用心するに越したことはないわ」

香帆は満足そうに頷いた。

そして、小さなビジネスホテルの一室をぐるりと見回す。

「でも、アンタも思い切ったことしたわねぇ。手紙置いて出てくるなんて……」

「ちょっと一人になって、考えたくなっちゃって……」

覇気のない声色でそう言って、彩はリビングの机の上にそっと置いてきた手紙の内容を思い返す。

『しばらく帰りません。折を見てまたこちらから連絡するので、心配しないでください。

忙しいとは思いますが、体調には気をつけてくださいね』

簡潔で分かりやすい、距離を置くための手紙である。

そんな手紙の内容を知らない香帆は彩に顔を近づけると、躊躇(ためら)うことなく言葉を発する。

「で、別れるの？」

「……うーん。まだ、よく分かんなくて。今は距離を取ってゆっくり考えようかなって」

好きになってくれたきっかけが元カノでも、今は自分のことを好きだと言ってくれているなら、それに甘えたいというのが彩の本心だ。

けれど、なんとなくそのままではお互いにうまくいかないような気もする。

こんな風にぐずぐず悩むのは自分らしくない。そう思うのだが、一度溢(あふ)れてきた感情はなかなかコントロールできなかった。

よく分からない感情のまま逃げてきた彩に、香帆はズバズバと言葉を投げかけてくる。

「もし別れたくないなら、もう一度本人と話し合えば？」

「そう、だね。少し頭を冷やしたら、もう一度ちゃんと話し合うつもりだよ」

「それまであの社長が待てるとは思えないんだけど……。というか、明日から会社どうするの？　会社の前で待ち伏(ぶ)せされたらアウトよ？」

確かに、これまでの桑羽の行動からいっておとなしくしているとは思えない。

なにがなんでも彼女を捜し出そうと行動するだろう。

しかし、彩なりにその対策はすでに講じていた。

「会社は、一週間ぐらい体調不良で休むことにした。ちょうど有給もたくさんあったし！」

「まぁ、それなら大丈夫か。でも、あの社長、一週間もアンタなしで大丈夫なの？」

「そもそも智也さんが一週間も私を捜してくれるか分かんないし。もし、『もう無理だ！』ってなったら、きっと類さん似の次の子を探し始めるんじゃないかな……」

彩は自分の発した言葉にはっとして、その後、妙に納得した。

（あぁ、そうか。私はそれが怖かったんだ）

彩と類はお世辞にも似ているとは言いがたい。

そんな彩に類の面影を見ていたのなら、きっとこの先、彩よりも類に近いと感じる女性に桑羽は出会うだろう。

（そうなった時に、私は智也さんを引き止められるのかな……）

もちろん最大限の努力はするつもりだ。

だけど、彼の心の中ばかりはどうすることもできない。

「ま、とりあえず携帯電話は私が用意してあげるわ。ないと色々不便でしょう？」

「え？　いいの？」

ちょうど今後どうやって会社や友人と連絡を取ろうか考えていたところに、その提案はとてもありがたかった。彩の張り上げた声に、香帆はニヤリと笑う。

「ちょうど携帯電話を変えたばかりなのよ。だから、ＳＩＭだけ登録して貸してあげる。この恩はどこかで返してもらうわよ！」

「うん！　ありがとう」

久々に出た元気な声に、香帆は「また様子を見に来るわ」と優しく笑うのだった。

それから五日後――……

彩はビジネスホテルの一室でボーッと天井を見つめていた。もう見慣れてしまったその天井は、シミの位置まで把握(はあく)している。

「結局、なに一つ決められないままだなぁ。私は……」

別れるも、別れないも。話し合うのか、話し合わないのかも。

彩は今日までなにも決められないでいた。

別れたくはないけどこのままは嫌だと思うし、かといって話し合うのも恐ろしい。

うだうだとそんなことを悩んで消費した五日間だった。

「……智也さんに会いたいなぁ」

気がつけば彩は、そう零してしまっていた。

彼の腕が、声が、表情が、なにもかも懐かしくて、愛おしい。

桑羽があれから自分のことを捜してくれているか、それさえも定かではないのに、彩は彼を求めてしまう。

（今回のことで、もう愛想を尽かされていたらショックだな……。もう他の女の子と付き合っていたりしたらどうしよう……）

類に似ている誰かに甘い言葉を紡ぐ桑羽を想像して、彩はがっくりとうなだれる。

自分で逃げたくせにそういうことで傷ついてしまうなんて、本当に身勝手だ。

「結局、逃げてばかりじゃどうにもならないんだよね。ちゃんと帰って話し合わないと……」

その上で別れようという話になったら、それはそれで仕方がないのだ。

己に以前の恋人を超える魅力がなかった。それだけの話である。

「よし！　明日には帰ろう！　ちゃんと話し合って、ちゃんと決着つけよう！」

自分を鼓舞するように元気よくそう言った時、香帆に用意してもらった携帯電話が鳴った。

まだ聞き慣れていない電子音にびっくりした後、彩はゆるゆるとその画面を覗き込む。

送信者は知らないアドレス。

しかし、件名に『堀内廉』とあったので、彩は慌ててそのメールを開いた。

「やば、仕事でなにかあったのかなぁ」

しかし、そんな不安に反して、堀内からの連絡は酷く簡潔で優しいものだった。

『一ノ瀬、体調は大丈夫か？　お見舞いに行こうかと思うんだが、どうだ？』

「課長にも迷惑かけているなぁ……」

こうして嘘をついて会社を休んでいることに、今更ながらに罪悪感が押し寄せてくる。

彩は携帯電話に素早く返信を打ち込んだ。

『すみません。お気遣いなさらないでください。そういえば課長、どうしてこのアドレスを知っているんですか？』

『連絡が付かないからなにか知らないかと堂下に聞いたら、渋々教えてくれた。そうか……、もし悩みがあるなら相談に乗ろうか？』

堂下というのは香帆の苗字である。

優しい彼の言葉に、少しだけ涙が出そうになった。

本当、みんなに迷惑をかけてしまっている。

『大丈夫です！　心配かけてしまってすみません』

『こういう時ぐらいは心配させろ。……今から出てこられないか？』

結局押し切られた彩はホテル近くのカフェで堀内と落ち合うことになった。

終業してからすぐに駆けつけてくれるらしく、彩は先に店に入り、迫りくる雨雲を見ながら堀内をじっと待つ。どうやら今夜から朝にかけて雨が降るらしい。

そうしてしばらく待っていると、堀内がカフェに顔を覗（のぞ）かせた。

「すまん、待たせたな」

「大丈夫です！　それよりも、急に長く休んでご迷惑をおかけして、すみません！」

彩はいつも以上に声を張った。

しかし、それが逆に不自然に映ったらしく、堀内は眉根を寄せたまま彩の前の席に腰かけた。

「無理しなくてもいいぞ。お前を責めるために会いに来たんじゃないんだからな。ここのところずっと忙しかったし、有給もたまっていただろう？　この機会にゆっくり休め」

「すみません。今回はお言葉に甘えます。でも、私の分の仕事が溜まっていますよね？」

「まぁ、それは大丈夫だ。今は大した案件もないし……」

案件と聞いてふと思い出す。そういえば桑羽の会社の担当は堀内だったはずだ。

「あの、とも……桑羽ホテル＆リゾートの案件はどうなりました？　順調ですか？」

「あぁ、相も変わらず順調だよ。……あぁ、でもそういえば、昨日社長に会ったら目の下にクマ作っていたな」

「え？」

「ありゃ相当忙しくしている感じだったぞ。精力的ですごいよな」

感心しているのか、堀内は腕を組みながら、うんうんと頷いていた。

そんな目の前の彼を見ながら、彩は桑羽に想いを馳せる。

（智也さん、大丈夫かな……。お仕事忙しいのかな。もしかして、私のせいでもあるのかな？　体調崩してないといいけど……）

自分のせいで思い悩んでいたら申し訳ないと思う反面、そんな風に強く思われていたら嬉しいとも思ってしまう。

色々あったが楽しかった生活を思い出し、彩は少し泣きそうになった。

「というか、今は仕事のことは気にしなくていいぞ！　お前は自分のことだけ気にしてればいいんだ！　な？　悩みがあったら、一人で抱え込むなよ。俺がいつでもそばにいてやるからさ」

黙り込んでしまった彩をどう思ったのか、堀内はそう言ってにっこりと笑った。

桑羽よりいかつい体格ながら、彼は本当に性格が丸い。さすが我が社で上司にしたい男ナンバーワンの座を守り続けているだけのことはある。

彩はそんな上司に胸を温かくし、今度はさっきとは違う、本当の笑みを浮かべた。

「堀内課長って、優しいですよねー。ほんと、課長みたいな上司を持って幸せですー！」

いつもの調子で彩はヘラリと笑う。しかし、彩のその言葉が不服だったのか、堀内は少し眉根を寄せ、視線を彩から外した。

「……けだ」

「ん？」

「こんなに優しくしているのは、お前だけだ。あと、それは上司としてじゃない！」

「へ？」

よく見れば、堀内の耳は少し赤く染まっている。

目元も赤く染まっていて、気恥ずかしそうに鼻の頭を掻いていた。

「こういう時に、こういうことを言うのは、なんだか弱みに付け込むみたいで嫌なんだが……、なぁ、一ノ瀬」

「はい」

彩は目を瞬かせながら、そう返事をする。

真っ赤になった堀内が、顔を隠すように額に手を当てていた。

「俺はお前が辛い時にそばにいてやりたいと思うし、楽しい時も一緒に笑い合いたいって思う。……だからさ……」

堀内はそこで言葉を切る。短い沈黙が二人の間に落ちた。

よく状況が呑み込めていない彩は、そんな空気に少し首を傾げていた。

外はいつの間にか激しい雨が降っていて、道路の脇には小さな川までできている。

地面に打ち付ける雨音は店内のＢＧＭさえも割って耳に入り込んでくるようだった。

「一ノ瀬、俺と……」

「彩っ！」

まるで堀内の言葉を遮るように、その声は放たれた。

入店時に鳴ったはずのドアベルの音さえも聞こえなくするほど、彼の声は店内によく響く。

店内の客は皆一斉に、その声がしたほうを振り返っていた。

もちろん、彩も……

「智也さん？」

「捜しましたよ。今までどこにいたんですか？」

いつになく声を荒らげて桑羽が近づいてくる。久しぶりに見る彼は、雨に打たれて濡れそぼっていた。

スーツも所々変色していたし、前髪からは水が垂れて輪郭を伝っている。

「なんであんな手紙一つで俺の前から――……!!」

「そ、それは……」

言葉にならない怒りを滲ませて、桑羽は彩に詰め寄る。

そんな桑羽に身をすくめ、彩は視線を自分のつま先に落とした。

「あの……桑羽社長、ですよね？」

確かめるように堀内がそう言葉を発する。

桑羽は今初めて、堀内に気がついたようだった。

「あなたは……」

耳朶を打つ声が地を這っている。桑羽は堀内と彩を見比べた後、唸るように声を出した。

「彩、君はもしかして彼の家にいたんですか？」

「え、ちが……」

「じゃあ、どうして彼と一緒にいるんですか？　俺にはこの一週間なにも連絡をよこさなかったのに、他の男には連絡を取っていたんですか？」

責めるような声に、彩は泣きそうになる。

こんなに怒りをあらわにした桑羽は初めてだった。

香帆の家に泊まりかけた時も怒られたが、そんなものの比ではない。

「まぁ、いいです。今日はどちらにしろ逃がしませんから。話を聞く時間はいくらでもある」

「なんで、桑羽社長がここに？　しかも『彩』って……」

「恋人を名前で呼ぶことに、なにか問題でも？」

「恋人？」

「帰りますよ」

呆けるの堀内をよそに、彩はまるで引きずられるように車に乗せられるのだった。

「この住所まで。それと秘書の飯田に、一週間ほど会社を休むと伝えてください」

乗り込んだ車の中で桑羽は、冷たい声で運転手に指示をする。彩は雨よけにとかけてもらった上着の下で、じっと俯いたまま息を押し殺していた。

「彩」

車が発進すると、先ほどよりは幾分か角の取れた声が頭上に落ちる。

上着を取って顔を覗かせると、そこには怒りと安堵を混ぜ合わせたような表情の桑羽がいた。

「も、もしかして、怒っていますか？」

「置手紙だけ残して消えられたんです。怒らないほうがどうかしていると思いますが？」

「……ですよね。すみません……」

しょんぼりと頭を垂れながら彩は謝る。そんな彼女の手を、桑羽は優しく包み込んだ。

その温かさに彩は涙腺を緩ませる。

「あの、本当に明日には帰るつもりで！　別に智也さんと別れたいとか、そういうことを考えていたわけじゃなくて、ただ、一人になって色々考えたくなっちゃって！　その……、本当に、ごめんなさい。もう、ちゃんと逃げずに話し合うから！」

その言葉に、桑羽の手に力がこもった。

最初は強く握るだけだった彼の指が、だんだんと彩の手に食い込んでいく。

「もう、君の言葉は信用しません」

「い――っ！」

痛みに声を上げようとすると、その瞬間――

「君の『逃げない』という言葉を俺は何度も信用してきました。本当は会社にだって行ってほしくないのに、君が逃げないと誓うから行かせた。外出も許した。でも、その結果がこれです。君は何度だって俺の手のひらから逃げていこうとする」

「智也さん……？」

「もういい。君はいつも俺から逃げようとするっ！　もういいんです。よく分かりましたから……！」

その瞬間、ガチャン、と聞き慣れない金属音が耳朶に届く。視線を落とすと、桑羽が彩の細い手首に手錠をかけているところだった。そして、もう一つの輪っかは桑羽自身の手首についている。

「ほら、こうすれば逃げられない」

薄く笑ったその瞳は、今までに見たこともないほどに濁っていた。

「も、やだぁっ！　いやだ！　やめて！　やだやだぁ!!」

「やめるわけがないでしょう？　俺の形を覚えさせて、もう俺以外ではイケない身体にします。そうすれば君は、どこに行こうと俺のもとへ帰ってくるでしょう」

いつもより数段低い声を響かせながら、桑羽は彩に腰を打ち付ける。

もう何度目かも分からない情交に、彩の顔は涙と唾液でぐちゃぐちゃになっていた。

今、二人がいる場所は、桑羽が所有しているというロッジだ。初めて来た場所で、ここがどこだかよく分からない。

周りは森に囲まれていて、桑羽が連絡しないと帰れもしない、自然の牢獄。

――彩はそこでもう二日ほど裸で過ごしていた。

何時間も繋がりっぱなしの彩の秘所は真っ赤で、クリトリスは硬く立ち上がっていた。

もう、気持ちいいを通り越して、痛いぐらいだ。

内腿には、中から溢れた白濁が伝っている。

彩の右手はまだ桑羽と手錠で繋がりっぱなしだ。

「ほら、彩、出しますよ。――っ、受け止めてくださいね」

余裕のない顔でそう言った後、桑羽は彩の中に今日何度目か分からない白濁を流し込んだ。

「はぁー……、はぁー……」

「なに休憩しているんですか？　また動きますよ」

「もうやだぁ！　くるしいぃっ、休ませてっ！」

「ダメです」

冷たく言い放って、桑羽はまた腰を動かし始める。

彩はそれに合わせて、また喘ぎ声を上げ始めた。

「君を縛り付けたい。部屋の中に閉じ込めて誰にも見せたくない。ずっとそばにいてほしいんです」

その言葉に、彩は必死で首を横に振った。

快感からくる反射的な行動だったが、桑羽は嫌がっていると捉えているようだった。

「じゃあ、どうして俺を期待させるような真似をしたんですか？　本当にこの生活が嫌なら、警察にでも駆け込めばよかったじゃないですか。なのに君は逃げるどころか俺を受け入れて、挙句の果てには『好き』だと言って――……」

苦しそうな声が彩に届く。

顔を上げると、彩よりも苦しそうに顔をゆがめた桑羽がいた。

「そんなに俺を翻弄して面白いですか？　楽しいですか？　……身体だけでもいいと思っていたんですが、やっぱりこれは虚しいですね」

「ともや……さ……」

「あと一回です。あと一回させてください。そうしたら俺は君を諦めます。解放してあげます。だから……」

泣きそうな表情で、桑羽は最後の抽送を始める。

激しい彼の動きに、彩はとうとう意識を手放した。


彩が目覚めた時、桑羽はベッドの縁に腰かけて背中を向けていた。

服はもう着替えていて、お互いを繋いでいた拘束具もなくなっている。

彩が重い身体を起こすと、ゆっくりと桑羽が振り返った。

その顔は陰鬱としていたが、口元には彩を気遣うような笑みを浮かべている。

「おはようございます。今、迎えを呼びましたので、一時間もしないうちに家に帰れますよ」

よかったですね、とまるで他人事のように桑羽は目を細める。

そうして服を彩に手渡してきた。

「家……？」

「彩には新しいマンションを用意しました。もうこんな酷い男と住むのはごめんでしょう？　家賃は以前君が住んでいたところと変わらないですし、会社にも近いです。こんなことをしたお詫びに家賃を一生払えと言うならそうしますし、俺と少しも繋がっていたくないというのなら、もう一生君と関わりません。誓います」

「智也さんと、もう一緒に住めないいんですか？」

彩は信じられない思いで顔を上げる。

「本当に今日まですみませんでした。嫌がる君をこうやって引き留めてしまって……」

「智也さんっ！　私、嫌がってなんかないです！　智也さんと一緒にいるのは疲れる部分も多かったけど、楽しくてっ！」

桑羽の言葉の意味を理解した彩はそう声を言い募るが、彼は困ったように眉根を寄せるばかりだ。

「彩は最後まで優しいですね。……でも、もう、その優しさに期待するのも疲れたんです。期待して、舞い上がって、でも君は結局、俺のことをなんとも想っていない。片想いなんて初めてしましたが、とても辛いものですね」

その言葉に彩は、はっとした。

彼はずっと、彩が離れていってしまうのではないかと不安だったのだ。

一緒に住んでいても、身体を繋げても、彩が彼のことを好きだと言っても、彼はひたすら不安そうだった。そんな状態の中、彩は消えた。

距離を置く行為は彩にとってちゃんとした意味があることだったけれど、桑羽にとっては意味が分からないものだった。それを改めて思い知った。

これでは彼が彩のことを信用できないとしても、なんら不思議ではない。

「智也さん、私、智也さんのこと好きですよ。本当に好きです」

渡された服を胸に抱きながら、彩はそう言った。目の前で桑羽が息を呑む。

数秒間の沈黙の後、桑羽が大きな声を出した。

「それなら、どうして消えたんですか！　俺のことが嫌になったんじゃないんですか！　俺に飽きたとか！　愛想が尽きたとか！　……君にとっての俺は替えがきく存在かもしれないけど、俺には君しかいない！　これ以上、諦めなくなるようなことを言うのはやめてくださいっ！」

桑羽はそう爆発したように声を荒らげた。

いつも飄々としている彼の激変に、彩は一瞬固まってしまう。

しかし、固まったのも少しの間だけで、彩も大声で反論する。

「代わりにしてるのは、智也さんじゃないですか！」

「はぁ？」

「私、見つけちゃったんです。智也さんの日記!!」

「……」

「私は結局、類さんの代わりなんでしょう?　十年くらい前の写真をずっと大切に持っているぐらい彼女のことが好きなんでしょう!　『可愛い類と』って書かれている元カノの写真を見つけちゃったんです。しかも、前に『類に似ている』って言われて!　それで、悲しくて、辛くて、家を飛び出したのに——っ!」

彩のその言葉に、桑羽はぽかんとしている。

先ほどまでの陰鬱とした感じは消えているが、代わりに今までになくまぬけな表情である。

「私は所詮、類さんの代わり……」

「………類は、猫ですよ」

「は?」

「俺が昔飼っていた猫です。もう、ずいぶん前に死にましたが……」

その瞬間、彩の時が止まった。

そういえば、写真の中の桑羽は猫を抱えていたような気がする。

「えええええ?　え、でもだって、女の人が一緒に写っていて、写真の裏に『可愛い類と』って……」

「あぁ、あの写真ですか？　隣に写っているのは従妹(いとこ)の茉優(まゆ)ですよ。ちなみに、彼女はもう結婚して、子供が三人います」

「……マジか……」

「マジです」

いつの間にか立ち上がっていた桑羽は、腕を組みながら呆(あき)れたような視線で彩を見下ろしている。彩はそんな彼を恐々(こわごわ)と見上げた。

「じゃあ、私は誰かの代わりとかじゃない？」

「そうですよ。そんなわけないじゃないですか。君が君だから俺は好きになったんです。それよりも俺は、そんな勘違いで君が出ていったことのほうがショックです」

いつもの声のトーンに戻った彼の言葉は、彩の胸に深々と突き刺さった。

（ええ？　じゃあ、私の勘違いだったってこと？　私の勘違いが、智也さんの勘違いを生んで、今この状況ってこと？）

「……ないわー……」

「それはこっちの台詞(せりふ)なんですが……」

桑羽は大げさにため息を吐き、頭を抱えて小さく首を振った。その様子に彩は口を尖(とが)らせる。

「で、でも、本(もと)を正せば智也さんが好きになったきっかけをちゃんと教えてくれないから悪いんじゃないですか！　明らかに言いにくそうにしたりとか、はぐらかそうとしたりとか！　そういうの、気になるじゃないですか！」

「それはまぁ、恥ずかしいんだから仕方ないでしょう……」

「むー……、こうなったら教えてくれるまで仲直りしませんからね！」

彩の言葉に桑羽は頬を染めながら頭を掻く。そして「仕方ありませんね」と息を吐いた。

そうして彼の口から語られたのは、彩の想像を大きく超える話だった。

「俺は割と昔からなんでもできたし、なにもかも思い通りにしてきたんです。運動も勉強も困ったことがありませんし、兄の素行が悪すぎたので俺が会社を継ぐことはもうほとんど決定事項でした。そのせいもあってか、女性関係もまぁ困ることはなかったですし、周りはみんな俺に気を使ってくれていました。……つまり、俺は生まれた時から挫折したことがないんですよ。ゲームでいうならイージーモードってやつです」

「一生に一度は言ってみたい台詞ですね……」

彩からしてみれば、それはもう羨ましいを通り越して想像もできない世界だ。

しかし、そんな過去を語る桑羽は、どこかつまらなそうにしている。

「でも、それ故に俺は毎日がつまらなかったんですよ。なにをしても片手間でなんとかなってしまう。真剣に取り組んでも取り組まなくても、結果はいいほうにしか転がらない。そんな人生に飽き飽きしていた時に君と出会ったんです」

「私と？」

「正確には、君という存在に気づいた、でしょうか」

桑羽は先ほどまでの無表情から表情を和らげる。口元はわずかに弧を描いていた。

「どこからどう見てもバレバレなのに、君は電柱に隠れながら俺の後をつけていたんです。時には双眼鏡やカメラまで持ち出して、飽きることなくほとんど毎日。……実は最初、君の存在に辟易していたんです。ストーカーや追っかけみたいな人は珍しくなかったし、そういった人のほとんどは俺の周りに迷惑をかけるようなタイプばかりでしたから。だから、君もそうなのだと思っていました。一か月も追いかけたらきっと玉砕覚悟で告白してきて、それで振ると俺に恨みを持ち出すのだと。……なのに、君は俺に話しかけようとはしない。一定の距離を保って見つめてくるだけなんです。もちろん周りに迷惑がかかるようなことなんてなかった」

桑羽は彩の隣に腰かけ、彩の顔を覗く。

「だから俺はもどかしくなって、一策を講じたんです」

「一策？」

「俺のハンカチ、持ち歩いているでしょう？」

その瞬間、彩の肩が跳ね上がる。

まさかと思い強張った顔で桑羽を見ると、彼はニヤニヤと彩を見つめていた。

「もしかして、わざと？」

「はい。話しかける大義名分を作ってあげようと思って、君の前でわざと落としました。話しかけてきたら、そのままこっぴどく振ってやろうと色々考えを巡らせていたんですよ？　なのに、君はそれを拾ったにもかかわらず俺に話しかけてこなかったんです。……密かに持ち歩いている様子で、俺は面食らいましたよ」

「な、なんか、ごめんなさい」

そんな彼女の頭をゆっくりと撫でながら、桑羽は「むしろそれが新鮮でよかったんですよ」と笑う。

「そこから俺は君に興味を持ち始めて、知り合いの調査会社で色々、まぁ、徹底的に調査をしてもらったんです」

「徹底的……」

彩はまるでオウムのように、その言葉を繰り返した。

じわじわと体温が上がっていく。

「て、徹底的ってどのぐらいですか？」

「あなたの出身校や初恋の人物はそらで言えますよ？　他には会社の部署の異動経歴とか。男性関係とか。ただ、大学二年生の時に彼氏がいたのに、処女だったのは驚きでした」

「し、知っていたんですか？」

二回、三回と続けて求められたので、彩は桑羽が自分を処女と気づいていないと思っていた。

「君が眠った後、シーツを替えている時に気づきました。血がついていましたからね。……その時は結構後悔したんですよ？　初めての相手にするような行為ではなかったと……」

思い返してみればホテルで目覚めた朝、彼は異様に彩の身体を気遣っていた。

朝食をベッドの上で食べさせ、ある程度身体が回復するまでベッドから立たせなかった。

あれがすべて彼の気遣いからきたものだと思い知って、胸がぽっと温かくなった。

「でも嬉しかったです。俺が君の最初の男になれたんですからね。異様に中が狭かった理由も分かりましたし……」

「――――っ！」

恥ずかしすぎて、顔をそむけてしまう彩である。

桑羽はそんな彩の頭を抱えながら、優しげな声を出す。

「……調査会社の報告は俺の想像を超えるものばかりでした。君は俺とまったく違い、人生を面白おかしく生きている。……そして、気がついたんです。君の中で俺という存在は、人生を面白く生きるためのスパイスに過ぎないのだと。それを理解した時には、もう君に夢中でした。父に何度セキュリティの高いマンションに引っ越せと言われても、君が毎朝楽しそうに覗いてくるからできませんでしたし、君が頬を染めながら俺と同じ電車に乗ろうとするから電車通勤もやめられませんでした。君の退社時刻に合わせて無理やり会議を終わらせたことも、何度も……」

「あぁあぁあぁ……」

彩は恥ずかしさで顔を隠す。

自分のしていたストーカー行為が、ほとんど筒抜けだったのだ。

しかもストーキングがしやすいように気遣ってもらっていたという。

「こんな話、どうにも女々しすぎて絶対に言いたくなかったんですが、君が言わないと仲直りしてくれないと言うので……」

桑羽も恥ずかしそうに口元を隠している。

「……それで、仲直りはしてもらえるんですか？　こんなに恥ずかしいことを言ったんですから、今更『しない』はなしですよ?」

「もちろんです。なんていうか、恥ずかしいことを言わせてしまってすみません」

互いに恥ずかしがりながら顔を見合わせた後、笑い合う。

「彩、愛しています」

「わ、私もです……」

「じゃあ、もう逃げないでくれるんですね」

「はい！」

「絶対に、ですよ？」

「え、は、はい……」

だんだん雲行きが怪しくなってきた会話に、彩は頷きながらも首をひねる。

本能がなにかを察し、背中には冷や汗が伝った。

「彩、それでは迎えが来たら一緒に役所に行きましょう」

「……なぜ？」

「もう、こういったことがないように、婚姻届を出そうと思いまして！」

「ちょ、ちょっと待ってくださいっ!!」

「『待ってください』？　……君は俺のことを愛してないと？」

「ち、違いますよ！　愛しています！　愛していますけど、それはちょっと急っていうか……」

いつもの調子に戻った彼は、にっこりと笑ったまま彩を追い詰める。

「……仕方ありませんね。こうなったら奥の手です」

「なにをする気ですか？」

「筆跡を真似るのは得意なんですよ」

「それは犯罪です!!」

こうして折衷案として、二人は互いの両親に挨拶をしに行く、という結婚に向けた第一歩を踏み出すことになったのだった。

第五章　現れた謎の婚約者!?

「こ、これは……大きい……」

彩は立派な門構えの日本家屋の前で、頬を引きつらせていた。

車が二台横並びで通れそうなぐらい広い門に、黒光りする瓦屋根。

背の高さの一・五倍はありそうな塀がぐるりと囲うその敷地には、複数の建物が並んでいる。

門から建物までの長いアプローチ、その間に見える枯山水。

あまりにも大きな桑羽の実家に、彩はひっくり返りそうになった。

桑羽の両親に挨拶ということで、一応それなりに綺麗な恰好をしているが、服装どうこうではなく彩自身が場違いな気がしてくる。

タクシーを降りた桑羽は、彩の手を取りながら実家を見上げた。

「うちはここら辺の地主でして、それから宿を営むようになり、旅館、ホテルと規模を大きくしていったらしいんです。だからこの大きな家もその名残ですね。ここに住んでいるのはもう両親と使用人だけですので、結構持て余しているんです。祖父も昨年亡くなりましたしね」

さらりとそんなことを言ってのける桑羽を、彩は血の気の引いた顔で見上げた。

「なんか、智也さんが違う世界の住人なのを改めて認識させられました……」

「そんなの関係ありませんよ。それに俺と結婚したら君も無関係じゃないんですから、早く慣れてくださいね」

「なんか、その辺の覚悟が足りなかったなぁと痛感しているところです……」

呆けた声で彩はそう言って頭を抱えた。

——今まで桑羽と結婚することにあまり抵抗がなかった。

結婚しようと言われた時は戸惑ったし、突然すぎるとは思ったが、それだけだ。気持ちは通じているし同棲もしているので、彼と結婚するということに、正直、苗字が変わるぐらいの感覚しかなかった。

しかし、こうして彼の生家を改めて見ると、自分の認識の甘さを痛感してしまう。

彼はそこら辺にいる男ではないのだ。

それに、彼の両親が彩のことをすんなり認めてくれるという保証もどこにもない。

「両親には今日帰ることを伝えてあります。心配いりませんよ」

彩の背中を支えるようにして、桑羽がそう言って微笑む。その手の温かさに彩は心底安心した。

世界中を敵にまわしても、彩には彼がいるのだ。彼だけはどんな状況に陥(おちい)っても、彩の味方をしてくれる。

「今日は一生懸命、頑張りますね！」

そう言うと、桑羽は少し目を見開いた後、ゆっくりと微笑んだ。


「さぁ、よく来たね。入ってくれ」

「ようこそ」

彩の想像に反して、桑羽の両親は優しく迎えてくれた。

彼の父親政光(まさみつ)は、まさしく桑羽の年取った姿そのものという雰囲気である。年を重ねて成熟した色香は、じっとりと滲(にじ)むよう。髪の毛には白髪が交じっているが、それはそれで素敵だ。着ている紺色の着物が、とてもよく似合っている。

そして彼の母親、美里(みさと)はなんとも可愛らしい女性だった。

大きな瞳に彩より低い身長。背中に流している髪の毛は緩くうねっていて、小さな唇が可憐である。要するに、とても三十二歳の子供を持つ母親には見えないのだ。

二人は目尻に皺を寄せて、彩に微笑みかける。

「智也ちゃんから連絡をもらった時はとっても驚いたのよ？　でも、素直そうな子でよかったわ！　まったく、この子ったらこんな年になっても彼女一人連れてこないから心配していたのよ。お父さんも、ずっとやきもきしちゃって……」

「何度、見合いの写真を送ったか分からんからな！　もう結婚しないのかと思っていたぞ！　本当に、彩さんが来てくれてよかった」

「きょ、恐縮です……」

彩は縮こまりながらそう言った。

廊下を歩いている最中、彼女の両側には政光と美里がいた。

挟まれるような形になった彩は、視線を下に投げたまま肩を強張らせて、頬を熱くする。

彩は分かりやすく狼狽えていた。

それもそうだろう。反対されるかもと思っていた相手から、思わぬ歓迎を受けたのだ。

まったくもってそっちの反応は想定外である。

そんな両親と彩の姿を見守りながら、桑羽は機嫌がよさそうだった。

四人は一つの部屋の前に立つ。

そうして、彼の父親が襖の引き手を掴んだ。

「俺たちは二人の結婚に反対はしないよ。ただ、一つ問題があってだな……」

そこで襖を引く。

和室にいたのは、赤い着物を着た若く綺麗な女性と、パンツスーツ姿の、いかにもキャリアウーマンという見た目の女性だ。

二人の顔つきは、どことなく似ている。年齢的に見て、おそらく親子だろう。

彩よりも年下であろう着物の女性は桑羽と彩の姿を認め、にっこりと微笑んだ。

そうしてゆっくりと立ち上がると、まるで背中に一本の柱が入っているかのような綺麗な姿勢で二人の前に立った。

「お久しぶりです、智也さん。初めまして、一ノ瀬彩さん」

形のいい唇の端が、上品に持ち上がる。

「あなたは……？」

「私は竜ケ崎梨花と申します。智也さんの幼馴染で、婚約者でもあります」

「え？」

その瞬間、彩は凍りついた。

「すまん、すまん。まさかお前が恋人を連れて帰ってくるとは思わなくてなぁ！」

政光は大口を開けて笑う。

見た目や顔は桑羽にそっくりだが、その辺のひょうきんさは親子でもまったく似ていない。

和室中央の大きなテーブルをぐるりと囲んで、政光以外の五人は皆無言だった。

政光の話によると、あまりにも結婚にうしろ向きな息子に業を煮やし、勝手に結婚話を進めていたそうだ。

相手は、桑羽ホテル&リゾートには及ばないながら、宿泊業界ではかなり有名な竜ケ崎家の一人娘。

竜ケ崎家は高級旅館をいくつも経営している。

元を辿れば親戚同士らしい両家の絆は深く、桑羽と梨花も昔から仲良く遊んでいたそうだ。と言っても、梨花は現在二十歳になったばかりで、桑羽とは十二も年齢が離れている。対等に遊んでいたというよりは、梨花の面倒を桑羽が見ていたというのが実際のところだろう。

「俺が勝手に決めて勝手に進めておけば、お前も渋々従うだろうと思っていたんだが、当てが外れたなぁ！」

そう言って政光はまた愉快そうに笑う。

「ふざけないでください！　人に黙ってこんなこと、いくら貴方でも許しませんからね!!」

「智也さん」

まぁまぁと彩がなだめて、桑羽は口をつぐんだ。

怒りをあらわにする桑羽と困って眉根を寄せる彩に視線を巡らせて、政光は優しげな笑みを浮かべた。

「勘違いしてほしくないのは、俺は二人の結婚に反対しているわけじゃないんだよ。ただ、賛成しているわけでもない。二人に愛があるのは結構だが、彩さんに智也の妻が務まるとは思えないしねぇ。その点、梨花ちゃんなら安心だからね」

その瞬間、明らかに桑羽が無表情になった。

相当に頭にキているのだろう。膝の上に置いたこぶしは、力が入りすぎて白んでいた。

「結婚相手として、どちらがふさわしいかと言われたら梨花ちゃんだ。今時『夫を支える妻』なんて流行らないし、必要ないけれど、桑羽ホテル&リゾートのトップの妻になるなら最低限の礼儀と教養はやっぱり兼ね備えておいてほしいからね」

「彩、帰りますよ」

もう限界だと言わんばかりに、桑羽が彩の腕を掴んで立ち上がる。

彩もそれに引きずられるように立ち上がった。

掴まれた腕が熱くて痛い。それだけで、彼が怒っているのが伝わってくるようだった。

「結婚は勝手にさせてもらいます。式のほうは貴方がたにも一応招待状を出しますからご自由に。それでは……」

「まぁ、智也、待ちなさい」

出ていこうとする桑羽を、政光の柔らかい声が止める。

「だから言っているだろう？　俺たちは別に反対しているわけじゃないんだ。礼儀や教養は俺がお前の親として勝手に望んでいることだ。幸いなことに、そういったものは努力次第でどうとでもなることだしな！」

「……そうですね」

その言葉に、桑羽は立ったまま父親を見下ろした。

話ぐらいなら聞いてもいいと思ったのだろう。

政光は二人を見上げたまま話を続ける。

「しかし、なんにせよ。桑羽家の嫁になるのなら、それ相応の努力が必要だ。それは分かるな？」

「まぁ……」

「そこでだ！　彩さんに、梨花ちゃんと佳子さんの説得を頼みたい！」

「はい？」

彩は素っ頓狂な声を上げた。目を剥いて、これでもかと政光のことを凝視する。

そんな彼女を、竜ケ崎母娘はなにも言わずじっと見つめている。無言の圧力が怖い。

　しかし政光は構わず、頭を掻きながら陽気に続ける。

「いやぁ、実は俺が提案した結婚話だからな、俺が断ることができないんだ！　梨花ちゃん側が納得して結婚を取りやめてくれないと、この話を白紙に戻すのは難しくてなぁ！」

「そんなもの、無理矢理にだって取りやめられるでしょう！　会社の規模だってうちのほうが……」

「それは竜ケ崎の家に申し訳が立たない。竜ケ崎の家は色々と業務提携もしている大切な相手だ。俺は会社に大きなダメージを与えてまで、彩さんとお前を結婚させようとは思えないよ」

　にっこりと笑いながら辛辣なことを言う。

　政光は経営のことを息子に任せ、今は桑羽ホテル&リゾートの会長におさまっているのだが、その口ぶりからして完全に引退しているわけでもなさそうだった。

「ということで、彩さん。二人の説得をお願いできるかな？　そして、二人が納得いくまでは梨花さんが智也の婚約者ということで」

「やっぱり帰りましょう、彩。こんな話、聞く必要ありません！」

　そう言って、桑羽は彩の腕を引く。

　そんな桑羽を止めたのは、他でもない彩だった。

「ちょっと待ってください！　智也さん！　……あの、政光さん」

「なにかな？」

「もし、私が説得できたら、お二人は私たちを祝福してくれますか？」

その言葉に、政光は一瞬驚いたような表情になり、そうして、目を細めて首肯した。

「もちろん」

その時、それまで黙って話を聞いていた佳子が立ち上がる。その顔は明らかに不機嫌そうだ。

彼女は切れ長の目をさらに細めて政光を睨みつけた。

「話があるから来てほしいと言われたので来てみたら、なんですかこの茶番は！……梨花、帰りましょう」

鋭いナイフのようなその声色に、場の空気がふたたびピンと張り詰める。

佳子は娘の梨花を立たせると、襖を開けた。

そして、絶対零度の視線を彩に向ける。

「彩さんとおっしゃいましたか？　私たちが貴女に説得されることは絶対にありませんので、あしからず。智也さんにはうちの梨花と結婚してもらいますから、そのおつもりで」

最後の言葉は桑羽に言って、彼女たちはその場を後にした。

その日は桑羽の実家に、そのまま泊まることになった。

桑羽は終始政光に対して怒っていて、政光はそれを飄々とかわす。

美里はそんな二人を見てずっと笑顔で、彩は困りながら桑羽をなだめていた。

「なんか、今日は疲れましたね……」

彩がそう零したのは、泊まるためにと用意された和室の布団の上だった。布団の上に仰向けに寝転がり、天井をじっと見つめる。

隣にはもう一つ布団が用意されていて、そこに桑羽も寝転がっている。

障子越しに月明かりがぼんやりと室内を照らすだけで、部屋の中は暗く、静かだった。

「なんだか、うちの両親がすみません。こんな予定ではなかったんですが……」

「あぁ！　そういう意味で言ったんじゃないですから大丈夫ですよ！」

彩が慌ててフォローを入れるが、彼はやはり落ち込んでいるように見えた。

無理もないだろう。彩だって自分が同じ立場なら両親のことを恨みもするし、桑羽への申し訳なさで土に埋まりたくなる。

彩はもぞもぞと桑羽の布団に入り込み、彼に抱きつき、胸元に頬をすり寄せた。

「大丈夫ですよ。きっとなんとかなりますよ！　というか、私が二人を説得すればなんとかなる話ですし！　任せてください!!」

彼を励ますように声を張ってそう言う。

桑羽はそんな彩を抱きしめ返しながら、彼女の髪の毛に半分顔を埋めた。

「そんなわけにもいかないでしょう？　俺の家の問題なんですから、俺が解決します。彩はなにも心配しないでくださいね。もうどうにもならない時は、駆け落ちでもしましょう」

「でも、そうなったら会社は……」

「人生で彩より大切なものはありません。俺たちの結婚を認めないというならば、会社のことは父がどうにかすればいい」

桑羽は癒しを求めるように彩をぎゅうぎゅうと抱きしめる。

それがまるで甘えている子供のように思えて、彩は少しだけ嬉しくなった。

落ち着かせるように彼の背中を撫でる。たぶん今日、一番疲れたのは彼だろう。

それを労わってあげられるこの関係が嬉しかった。だから、こんなところで、こんな形で、彼との関係を終わらせたくない。彩もそう強く願っていた。

しばらくそうしていると、彼の手のひらが彩のパジャマの中に潜り込んできた。冷たいその手で背中を撫でられて、彩は身体を跳ねさせた。

そして、脳みそを犯すような甘ったるい声でささやかれる。

「ねぇ、彩。シませんか？」

「へ？　な、なにをですか？」

嫌な予感が一瞬よぎったが、彩は慌てて頭を横に振った。

こんなところで情事をするだなんて、正直考えたくない。和室はあまり遮音性が高くないのだ。部屋同士を仕切るのは襖一枚である。

桑羽の両親がどこで寝ているかは分からないが、そんなに遠い部屋というわけではないだろう。

混乱している間にも彼の手は進んでいき、彩のブラジャーのホックを外した。双丘が弾みで少し跳ねる。

「ひゃっ！」

「今日はあまり激しいことはしませんから、ね？」

「ダ、ダメですよ！　誰かにバレたらどうするんですか？」

「彩が声を出さなければ、バレませんよ」

そう言われた直後に組み敷かれた。目の前には猛禽類を思わせるような瞳の桑羽がいて、彩はすべてを諦めた。こうなった彼に抵抗しても無駄である。

それに、あんないやらしい手つきで産毛を撫でるように触られてしまったのだ。彩の身体にだって火がついてしまっている。

「……激しくしちゃ、ダメですよ」

「分かっていますよ」

赤い舌で上唇を舐めながら、彼は妖艶にそう答えた。

彼の唇が肌の上を滑る。時折きつく吸われて痕を残される。

膨らみの上の二つの突起は唾液を絡ませ、吸われ、時に歯を立てられて、指で転がされた。

そのたびに彩の身体は小刻みに反応した。声が出ないように口を両手で押さえながら、彩は涙目で彼の愛撫に耐えていた。

「んっ、んっ、んぁ……」

「彩、上手に声を抑えていますね。そのまま、いい子で耐えててくださいね」

「んっ、んっ、んんぅっ……」

彼の指がまるで流れるように動いて、彩の茂みに到達する。

そして、茂みを掻き分け、沼地の縁をなぞった。

「ひゃっ！」

「声、出ていますよ？」

そう言いながら彼は楽しそうに指を進めた。無骨な指が二本、確かに入るのを感じる。

彩は身を震わせ、その指が奥まで入るのを待った。

やがて、根元まで入った指が容赦なく彩の蜜を掻き出し始めた。

ぐちゅり、ずちゅり、と大きな音を立てながら、その指は彩の中を擦る。

「あ、ん、あぁ、んんんっ！」

リズミカルに嬌声を上げながら、彩はぎゅっと目をつむった。

声だけでなく、卑猥な水音も静かな部屋に響き渡る。

「上の口も下の口もすごくお喋りですね」

「とも、や、さ……」

「でも、いいんですか？　こんなにうるさくしていたら誰かが来てしまいますよ？」

「やっ……」

「ああ、彩は見られたい派でしたか？」

その言葉に彩は首を横に振った。涙が頬を濡らす。

「や、やだ。もうちょっと、やさ、しく……」

「どうしましょうかね……」

意地悪な彼は、目を細めながらニヤリと笑った。

激しくはしないが粘着質に攻め立てる彼の行為に、彩は唇を噛んだ。

「いやなの……」

「でも、ずいぶん興奮しているように見えますよ？」

「智也さん以外に、こんなところ見られたくないの。……だから、お願い……します……」

とろとろに溶け切った顔で、彩は桑羽を見上げながらそう懇願した。

その痴態を見て、彼は一瞬息を詰めたかと思うと片手で顔を覆う。

そうして、長いため息を吐いた。

「はぁ。……めちゃくちゃにしたくなりますね」

「へ？」

「冗談ですよ。……優しく、ですね？」

明らかに冗談ではなかったその声色に一瞬寒気がしたが、彼は優しく笑って静かに承諾してくれた。

「彩、こちらに背中を向けられますか？　そう、そのまま枕に顔を埋めていてください」

「こう、ですか？」

「はい」

そのまま腰を掴まれて臀部を持ち上げられた。

お尻を高く突き上げたポーズに、彩は身を固くした。

桑羽は丸見えになったそこに彼自身をあてがい、先端に彩の蜜を塗り付ける。

「いくら耐えても、受け入れる時は声が出てしまうでしょう？　優しくしますから、顔を伏せておいてください」

その言葉に彩は頷いて、枕に顔を埋めた。

優しくしてくれるのだから大丈夫だろうと身を任せたその時、彼の杭が一気に彩を貫いた。

「はんっぁ!!」

そしてそのまま、優しさとはかけ離れた勢いで激しく突き動かされる。最初からトップギアだ。

「ん、んんん、んぁんんん!!」

彩は必死に枕に顔を埋めながら、その動きに耐えた。

ぱっちゅん、ぱっちゅん、と激しく肌同士がぶつかり合う。

「早く終わらせてあげたほうが『優しい』でしょう?」

激しく腰を打ち付ける理由をそう説明して、桑羽はさらに最奥を抉った。

「ん、んあ、あぁぁっ!!」

「ん、……イきますよ……」

もうダメかと思うぐらい激しい抽送になる。

彩はもう声を抑えることなど忘れて腰を揺らした。

目の前がちかちかし始めて、高みに昇っていくのが分かる。

「あやっ……」

彩が昇り詰めた瞬間、桑羽も熱い白濁を彩の中に放った。

そして翌日。なんとかマンションに帰ってきた二人だったが、そんな彼らを待ち構えていたのは思わぬ人物だった。

「このたび、下のフロアに引っ越してきました。竜ケ崎梨花です」

玄関口でおっとりとそう微笑まれ、桑羽と彩は思わず言葉をなくした。

「それなんて昼ドラ？」

「残念ながら現実の話です……」

会社の昼休憩中、彩は週末に起こった出来事を香帆に報告していた。

桑羽と彩が付き合っていることは会社には秘密だ。なにせ相手は、自社のクライアント、それも桁違い（けたちが）に規模の大きい会社の社長である。変な噂が立ったら、桑羽に迷惑をかけてしまう。なので、二人は食堂の隅で隠れるようにしながらその話をしていた。会社の食堂はさほど混んでおらず、誰かに聞かれる心配もあまりない。

最初は「また惚気（のろけ）？」と楽しそうに聞いていた香帆だったが、話に梨花が登場したあたりからずっと渋い顔をしている。そして、先ほどの言葉だ。

「っていうか、なんでその女、引っ越してきたのよ？　頭悪いの？」

彩のことを心配しているためか、彼女は梨花に辛辣（しんらつ）だ。

そんな香帆に苦笑いしながら彩は頬を掻いた。

「なんか、お母さんと政光さんに言われたらしいよ？　今日から智也さんの婚約者として振る舞ってこいって」

「アンタそれ結構ピンチじゃない？　というか、あの社長のお父さん、その女と彼を結婚させる気満々ね」

「やっぱりそう思う？」

「思うわね。話を聞いている限りだと、アンタ遠回しに拒否されているじゃない」

抜き身の刀（かたな）のような香帆の言葉は、彩の心臓を抉（えぐ）る。

もう、バッサリいき過ぎて清々（すがすが）しいほどだ。

「で、社長はなんて言っているのよ？」

「私はなにもするなって。自分がどうにか説得するからって……」

「まぁ、それが正解でしょうね。アンタがその親子を説得できるとは到底思えないもの。第一、あっちのお家騒動なんでしょう？　アンタは関わる必要ないわよ。それこそまだ結婚しているわけじゃないんだし！」

その言葉に一瞬だけ胸が軽くなる。しかし、すぐに思い直した。

まだ結婚していないが、結婚したい意思はある。これはもう二人で乗り越えるべき問題と言っていい。

努力するのが桑羽だけというのは、なにか間違っているような気がする。

それに、政光はただ反対するだけではなく、まだ彩に道を残してくれたのだ。

「それはそうだけど……私、できるだけ頑張ってみる！　智也さんは、タイミングを見て勝手に婚姻届を出せばいいとか言っているけど、私はできれば智也さんのご両親にも認められて結婚したいし！　それに、梨花さん自身の話はまだ聞いていないから、きちんと向き合ってみる。誠実に、情熱を持って話せば、分かり合えるかもしれないし！」

「そういう甘い考えしていると、本当に社長取られちゃうわよ？」

「取られないように頑張る！」

「そう」

呆れたように香帆がそう言う。

こうなった彩は梃でも動かないことを、彼女は分かっているのだろう。一つため息を吐いただけで、それ以上反対も賛成もしなかった。

「そういえばさ、なんか最近、堀内課長の元気がない気がするんだけど……」

彩がそう言ったのは食事を終え、食器を片付けている時だった。

トレイに載った食器を返却しながら、香帆はげんなりとした目を彩に向ける。

「……アンタって結構罪作りな女よね」

「香帆ちゃんはなにか知っているの？」

「この前、会社終わった後に本人から直接、相談受けたしね」

その言葉に彩は目を瞬(またた)かせた。

彩が知る限り、堀内がプライベートで女性社員を誘うというのはほとんどないことだ。誘われることはあっても、誘うことはない。

そして、誘われても二人っきりの誘いには、彼は決して乗らなかった。人気があって、硬派(こうは)。それが堀内のモテる理由でもあった。

そんな堀内に香帆は誘われ、さらに彼の悩みを聞いたというのだ。

彩はふと思いついて顔を上げ、キラキラと瞳を輝かせた。

「もしかして！　二人って……!!」

「ほんと課長不憫(ふびん)だわ……」

彩が最後まで言い切る前に、香帆はそう言って頬を引きつらせた。

そして、半眼になって彩を見る。

「え？　付き合ってないの？」

「付き合ってないわよ。たまたま私が課長の悩みについて詳しかったから、相談に乗っていただけ。勘違いしないで」

食堂を出た二人は廊下を歩く。

休憩時間はまだあるということで、途中で缶コーヒーを買い、社内のベンチに座って二人で飲んだ。

「そっか……。堀内課長には日頃お世話になっているし、なにか悩み事があるなら私も力になりたいんだけどなぁ。でも、智也さん、男の人と二人っきりで会うと怒るし、会社ではそんな話できないし……」

「アンタは人の世話焼いてる場合じゃないでしょう？　それに可哀想だから、やめといてあげなさい」

「なんで、『可哀想』？　男の人の気持ちは、私にはよく分からないな……あ、そうだ！来週金曜の夜、智也さんも交えて話してみたらいいかも。課長と私、智也さんのホテルの竣工記念パーティーに二人で呼ばれているんだよね」

その竣工したホテルの空調の一部を、彩たちの会社が担当したのだ。

前に営業に行った時は別のホテルの件だったのだが、その後、完成間近な別のホテルも急遽、請け負うことになったのである。

コーヒーの空き缶を脇に置き、手を打ち鳴らしながらそう言ったところ、少し青い顔をした香帆が身体を引いていた。

「……アンタって、本当残酷よね？」

「へ？」

意味が分からず彩が首を傾げると、「まぁ、可愛いから許すわ！」と香帆にぐりぐりと頭を撫でられた。

◆　◇　◆

「ど、どうかな？」

　彩はシャンパン色のドレスを身にまとい、自室の鏡の前でくるりと一周まわった。

　膝丈のスカートは広がっているようなデザインで、シルエットが可愛らしい。

　腰のあたりにあるリボンにはスパンコールが丁寧に縫い付けてあり、キラキラと輝いていた。

　編み込んだ髪の毛にはドレスに合わせたリボン形のバレッタをつけている。

　照れながら小首を傾げる彩を見て、桑羽はまぶしそうに目を細めた。

「とても可愛いですよ。似合っていますね」

「へへへ、香帆ちゃんに選んでもらいました！」

　褒められたことが嬉しくて、彩は歯を見せて笑った。

　桑羽も今日は、いつも以上に仕立てのいいスーツを着用していた。

　彼が着ているスーツは大体すべて高級品なのだが、小物が多く、いつもよりパーティー感が強い。胸元のポケットからは赤いハンカチが覗いていた。

二人は今からホテルの竣工パーティーに行くのである。

会場はその建てたばかりのホテルの宴会場だ。

「本当に一緒に行きませんか？」

「ごめんなさい。いずれバレるにせよ、まだ会社には黙っておきたいんで！　智也さんと同じ車で行くところを誰かに見られたら、一発で色々バレちゃいそうじゃないですか」

「そうですか」

桑羽は残念そうに眉尻を下げた。

——梨花が下のフロアに引っ越してきて、二人の間に暗雲が立ち込めるかと思えたが、実際はそんなことはなかった。

彼女とばったり会うこともなければ、向こうから桑羽に連絡もない。

なので二人の仲は、桑羽の両親に挨拶に行く前となんら変わっていなかった。

（会わないのは心穏やかだけど、このままじゃなにも進展しないし、いい加減ちゃんとどうやって説得するのか考えないと！）

桑羽が色々と両親を説得しているみたいなのだが、目立った成果は上げられていないようだった。

「それでは俺は先に行きますね。くれぐれも堀内さんには気をつけるように……」

「え？　あ、はーい！」

考え事をしていた彩は、なぜ堀内に気をつけなければならないのか、いったいなにに気をつければいいのか、よく分からないまま元気よく返事をした。

一足先に桑羽が部屋を出る。いくらか待ってから、彩も部屋を出た。

そして、あらかじめ呼んでいたタクシーに乗り込んで、ホテルを目指したのだった。

辿り着いたホテルの宴会場は、天井にシャンデリアが輝く豪華な一室だった。

壁紙はオフホワイトでダマスク柄の凹凸が見て取れる。

結婚式の披露宴会場として使用することも予定しているその一室には、立食用の背の高い円卓が並んでいた。

そして、壁際にはビュッフェスタイルに料理が置いてあり、奥のほうでは料理人が手ずから料理をして配るようなスペースもあった。

「うわぁ！　すごいですねぇ！　あ、デザートのコーナーもある！」

「……そうだな」

感嘆の声に歯切れ悪くそう反応したのは堀内だった。

彼もいつもより丁寧に身支度を整えているようだった。スーツはいつも会社に着てくるものより上質そうだし、髪の毛も丁寧にワックスで整えている。

営業職である堀内は普段の恰好も整っているのだが、やはり今日は特別なのだというような姿をしていた。

そんな恰好をしている堀内の顔はどこか浮かない。落ち込んでいるというよりは思考が行き詰まって抜け出せないというような、そんな顔だ。

堀内は最近よくこんな顔をする。特に彩の前で……)

(やっぱり悩みがあるんだろうな……。よっし！ 今日は課長の悩みを聞くぞ！)

桑羽のもとを逃げ出した時、堀内はわざわざ彩に会いにきて励ましてくれた。

あの時の恩を、彩は忘れていなかった。

「あのさ……一ノ瀬……」

「なんですか？」

「お前って本当に桑羽社長と……その……」

「ん？」

堀内の言葉に、彩は首をひねる。

しかし、堀内の背後に見慣れた影を見つけて、彩は顔をほころばせ声を上げた。

「あっ、智也さん！」

その声につられて堀内も、自分の後方に視線を向けた。

そして、苦々しげに眉根を寄せる。

桑羽は楽しそうに談笑をしていた。相手は一回り以上も歳が離れていそうな男性たちだ。

彼らの身につけている時計やらスーツやらで、関係各社の重役なのだということは一目で理解できた。

その中には海外からの客人も交ざっている。

（私が知ってる智也さんとは、なんだか違う人みたい……）

英語なのかなんなのか、彩にはよく分からない言語を操りながら笑う彼を見て、彩は少しだけ彼を遠い存在のように感じてしまう。

普段の彼は、寝相があまりよくなかったり、朝早い時は寝癖をつけていたり、朝食を食べたくないとごねてみたり、色々と人間くさい。

一緒に生活しているから当たり前なのだが、ああいう普段の彼を見ていると、彼がそういう立場の人間なのだということを、つい忘れそうになる。

「遠いなぁ……」

思わずそう零してしまった。

一介のＯＬである自分が本当に彼と結婚してもいいのだろうか、そんな風に考えてしまう。

そんなネガティブな気分でいると、急に誰かに背中を叩かれた。

彩は、はっとして振り返る。

「彩さん、こんにちは」

そこにはおっとりと微笑む梨花がいた。

彩と同じシャンパン色のドレスに身を包んだ彼女は、形のいい唇の端を上げて笑っていた。

同じ色のドレスだというのに、梨花のドレスは腰の部分と膝の部分が引き締まったマーメードラインで彩のものより大人っぽい。もうどっちが二十六歳でどっちが二十歳なのか、分からないぐらいだ。

「実はうちもこのホテルに協力させてもらっていて、パーティーには呼ばれていたの。本当は来る気なんてなかったんだけれど、今回のこともあって母が行きなさいと強く言うものだから……」

苦笑いでそう言う彼女は、本当に綺麗だった。

隣の堀内も開いた口が塞がらないというような顔をしている。

「梨花さんって、綺麗ですねー……」

彩はつい思っていたことが口を衝いて出た。

その言葉に、彼女は頬を桃色に染めて嬉しそうに微笑んだ。

「ありがとうございます。彩さんもそのドレス似合っていますよ？」

「いやいやいや！　梨花さんに比べたら私なんて!!」

「そんなことないですよ。智也さんが惚れちゃうのも分かる気がします」

彩は恥ずかしがりながら足元を見つめる。

――初めて梨花に会った時から、彩は彼女に対して不思議な感覚を覚えていた。梨花にとって自分は、桑羽との仲を邪魔する存在。それなのに彼女からは、彩に対する敵対心のようなものをまったく感じない。ほんの二言三言しか話したことはないけれど、温厚で優しい雰囲気の梨花を、嫌いにはなれなかった。話せば分かり合えるのでは、という淡い期待を抱いてしまう。香帆がこの場にいたら『しっかりしなさい！』と頬を張られていたかもしれない。

「一ノ瀬さん、堀内さん、竜ケ崎さん。お忙しい中、ようこそお越しくださいました」

その時、聞きなれた低音が耳朶を打った。

声のした先に視線を向けると、よそ行きの顔を張り付けた桑羽が立っている。

「簡単な席で申し訳ありませんが、今日は楽しんでいってくださいね」

「はい。ありがとうございます」

堀内の言葉に合わせて彩は頭を下げた。

梨花も小さく会釈をする。

彼の周りには、彼と話したそうに様子を窺っている人たちがいた。

どうやらこういう場をうまく使って、桑羽とよい関係を築いておこうとしているようだ。

彩にはよく分からない世界だが、彼と結婚するならば、こういうことを『よく分からない世界』と思うだけで済ませていてはダメなんだろう。

しばらく談笑をしていると、急に大げさに手を広げて一人の白人男性が桑羽に声をかけてくる。

そして、興奮したように桑羽になにかを話し出した。

彼の話す言葉は英語ではないようだった。

それに対応しながら、桑羽は困ったような表情になる。

「参りましたね。今日は通訳を連れていないのに……」

「どうしたんですか?」

「この機会に少し商談がしたいと。イタリア語は日常会話程度しかできないので、商談となると……」

困ったような声を出す桑羽の前に、梨花が一歩歩み寄る。

「私が通訳しましょうか?」

「できるんですか?」

「イタリア語は得意です」

簡潔にそう言って、梨花は商談に来ていたイタリア人に挨拶(あいさつ)をした。

その様子を見て、任せても大丈夫だと思ったのだろう。桑羽は安心したように一つ頷(うなず)いた。

イタリア人は桑羽と梨花を見比べながら、なにやら彼女に質問をしているようだった。

彼女はその質問に答える前に、ちらりと彩のほうを見る。

そして、まるで謝るように彩に頭を下げてから聞き慣れない言葉でなにかを答えた。

その雰囲気に彩もなんとなく会話の内容を察した。

『君は桑羽とどういう関係？』

『婚約者です』

おそらく、そんな感じだろう。

その言葉にイタリア人は手を叩いて喜び、桑羽はそれを否定しているように見えた。

そうして、三人は彩と堀内に背を向けて歩いていく。

（お似合い、だなぁ……）

そのうしろ姿に自然とため息が漏れた。

背中を向けた二人は、どこからどう見ても恋人同士に見える。

幼馴染(おさななじみ)ということもあり、桑羽も梨花には気を許しているような気がした。それこそ、彩がいなければあの二人は結婚して、いい夫婦になっていただろう。

（もしかして、邪魔者は私なのかな）

頭をもたげたネガティブな思考回路に、彩は視線を落とした。

なにもできない自分よりも梨花のほうが桑羽の相手に相応しい。彩だってそれはちゃんと理解しているし、これからのことを考えてできるだけ努力をしていきたいとは思っている。

けれど、幼い頃からしっかりとそういった教育を受けた梨花には、どうあがいても敵わないんだろうということもよく理解していた。

今みたいになにか困ったことがあった時、それを助けてあげられるのは彩ではなく梨花なのだ。

政光は桑羽の結婚相手に礼儀と教養を求めていると言っていたが、それはきっとこういうことなのだろう。それを改めて思い知らされた気分だった。

(ダメダメ！　こんな弱気になっていたら！)

自分を鼓舞するように、彩は自らの頬を両手で叩く。

視線を上げると、三人はなにやら笑顔で会話を弾ませていた。

その様子にまた少しだけ気分が落ちてくる。

そんな彩の様子に気がついたのか、堀内は彼女の肩を叩いて親指で部屋の外を指した。

「一ノ瀬、少しあっちで話すか？」

確かにこのままでは気分が落ちていくばかりだろう。

それに、桑羽とは挨拶を済ませたので、もう彩たちがこの場にとどまる必要もない。

堀内の提案に彩は一つ頷いた。

堀内が連れてきたのは、宴会場の上の階にあるバーだった。

カウンターに腰掛けながら、彩と堀内は頼んだお酒で口を濡らした。

堀内は先ほどのことを聞いてくるわけでも、むやみに話そうとするわけでもなく酒を飲んでいるだけだ。その優しい距離感がありがたかった。

彩が一杯目のカクテルを飲み終えた頃、やっと堀内が口を開いた。

「一ノ瀬、お前本当に桑羽社長と付き合っているのか？」

「へ？」

堀内の言葉に彩はひっくり返った声を出す。

「な、な、なんで知っているんですか？」

「いや、前にお前が一週間会社休んだ時に俺が様子見に行っただろう？　あの時にだな……」

「あっ！　あー……」

堀内の言葉をきっかけに、彩は記憶の糸を手繰り寄せた。

『なんで、桑羽社長がここに？　しかも「彩」って……』

『恋人を名前で呼ぶことに、なにか問題でも?』

怒り狂った桑羽に連れていかれる直前、確か二人はそんな会話をしていた。

あの後、色々あったのですっかり忘れていたが、堀内はすべて知っていたのだ。その事実が恥ずかしいやらなにやらで、彩は熱くなった顔を両手で覆った。

「で、どうなんだ?」

「……一応、付き合っていますよ?」

「でも、さっきの女性、自分が桑羽社長の婚約者だって名乗っていたぞ?」

どうやら堀内もイタリア語を理解できるようだ。ということは、あの場でよく分からないと首をひねっていたのは彩だけになる。

とても不甲斐ない気持ちになったのだが、落ち込むよりも先に彼の質問に答えなければと、彩は口を開いた。

「それには色々と事情がありまして……」

「あの女性は、桑羽社長の許嫁かなにかなのか?」

「まぁ、そんな感じです」

彩の肯定に堀内は眉間に皺を寄せた。

「で、お前はまだ別れてないわけだな」

「そうですね」

『まだ』ではなく、これからも別れる気はないのだが、そこまで訂正する気になれず彩は苦笑いのまま頭を掻いた。

そして、飲み終えたグラスを返して、新しいカクテルを注文する。

注文したのは結構度数の高いカクテルだ。なんだか久々に飲みたい気分である。

「そんなことより、課長の悩み聞かせてくださいよ！　最近なにか悩んでいるって香帆ちゃんから聞きました！」

「ぶっ！　ア、アイツ！　どこまで話した？」

わざと明るい声を出して話題を変えると、堀内は飲みかけのお酒を噴き出して、一瞬にして頬を染め上げた。

「どこまでって、なにも話してくれませんでしたよー！　相談を受けたことだけ聞きました！　あ、もしかして、恋愛相談ですか？」

「……まぁ、そうだな」

視線を逸らしながら頷く堀内に、彩は目を輝かせながら身を乗り出す。

「どんな子なんですか？　私、知っています？　社内の子ですか？」

「秘密だ！」

「えぇー!!」

「なんで、そんなものをお前に話さないといけないんだ！」

赤い顔でそう怒鳴られて、彩は渋々身を引いた。

そして出てきたカクテルを掻き混ぜながら機嫌のいい声を出す。

「まぁ、でも、堀内課長に本気で攻められて落ちない女はいなそうですよねー」

「そうか？」

「そうですよ！」

「……お前もか？」

その問いに彩は思わず黙る。

彼の瞳は真剣そのもので、まるでその相手が彩だと言っているような気さえした。

しかし、そんなはずはない。彩はおどけたような笑みを見せた。

「あはは。どうかなぁ……。その時になってみないと分からないですね！」

馬鹿正直に「智也さんがいるので……」なんて答える場面ではない。

これは互いに冗談を言い合っているだけなのだ。そんなことをしたら場が白けてしまう。

「でも、相手は落ちるかもしれませんよ！　自信をもってガンガン攻めちゃってください！」

「……分かった」

堀内の唇がきゅっと引き締まる。そして、腕を引かれた。

そのまま彩と堀内の唇が重なる。

彩はなにをされているのかさっぱり分からなくて、堀内に唇を奪われたまま固まってしまっていた。後頭部は押さえつけられ、片腕は取られている。ちょっとやそっとじゃ離れられないその状況に、頭がついていかない。

呆けている間に、堀内の舌が侵入してくる。

そして、彼女の舌を絡めとろうとした瞬間、彩は堀内の舌を思いっきり噛んだ。それはもう条件反射のようなもので、彩は堀内を突き飛ばし、狼狽えながら手で口を拭った。

「え？　な、なんで……？」

「好きだ、一ノ瀬。あんな奴やめて、俺と付き合ってくれないか？」

「ご、ごめんなさい！　私っ！」

その言葉とともに彩は立ち上がって堀内から距離を取った。

もし、彼の気持ちにもう何分かだけでも早く気づいていれば、こんな酷い断り方をしなくて済んだのに。

今のようなどちらもが傷つく道なんて絶対に通らなかった。

そう思うと、自分が情けなくて泣けてくる。

「課長、……ごめんなさい。付き合えないです。……ごめんなさいっ!!」

彩が頭を下げると、堀内は口の端についた血を拭いながら、苦笑を漏らす。

「……悪かった」

その言葉を聞いて、彩はその場を後にする。

歩いていた歩幅がだんだん大きくなり、競歩くらい速くなり、気がついたら駆け出していた。

正直、その後どう帰ったのか、よく覚えてない。

『昨日は悪かった。一ノ瀬の気持ちを確かめずに、ああいうことをしてすまなかった。月曜からまた普通に接してくれると助かる。　堀内』

「普通に、かぁ……」

彩は携帯電話の画面に映るメールを見ながら、そう零した。

彼女はリビングにあるソファに寝ころびながら携帯電話に指を滑らせた。

「明後日から、ちゃんと普通にできるのかなぁ……」

携帯電話を操っていた指先で、彩はそのまま自身の唇を撫でた。

そこにはまだ堀内の感触が残っている。

堀内とはそれなりに仲良くしていたが、彩はその感触を気持ち悪く感じた。

（……とりあえず、智也さんにはバレないようにしないと）

幸いなのかなんなのか、桑羽は土曜日にもかかわらず朝から仕事に駆り出されている。

嫉妬（しっと）深い彼のことだ。こんなことを知れば怒り狂うに決まっている。

彩の心は決まっているものの、桑羽からすればきっとそういう問題じゃないのだ。

自分のものを汚された。そう取ってしまうかもしれない。

静かに怒る桑羽も、激昂（げきこう）する桑羽も、どちらも想像できてしまって彩は身を震わせた。

こんなことが起こってしまったのは、桑羽の忠告も香帆の言葉も深く考えなかった彩のせいだ。

それで堀内にまでなにかしらの被害が及ぶようなことがあったら、本当に申し訳が立たない。

「彩。ボーッとして、大丈夫ですか？」

「わひゃぁあああぁ!!」

突如（とつじょ）、耳元で聞こえた桑羽の声に、彩は叫びながら飛びあがった。

そして、とっさに携帯電話を自分の背に隠す。

たった今帰ってきたらしい桑羽は、スーツのネクタイを緩めながら目を細めた。

「今、なにか隠しましたか？」

「いいえ！　なにも！　智也さん、お帰りなさいです！」

「はい、ただいま帰りました。……で？　なにを隠したんですか？」

「な、なにも隠していませんよ！」

不自然に声が裏返る。桑羽は彩を見下ろしながら、右手を彼女に差し出した。

「……彩、出してください」

「わ、私！　買いに行かなきゃいけないものがあるんだった‼　行ってきます‼」

追い詰められた彩はそんな風に声を上げて、桑羽の脇をするりと抜けた。そうして、財布だけ持ち、あっという間に部屋から出た。


マンションを飛び出した彩は、近くの大通りを歩いていた。

時刻は午後三時、土曜ということで人通りが多い。

「ふぅ……危ない、危ない」

彩は歩きながら額の汗をぬぐった。

とりあえず、桑羽の警戒が緩むまでは街で時間を潰す予定である。

彼女は本屋に入ることにした。

手前にある雑誌の棚をぐるりと見てまわってから、新刊の平台に視線を向ける。

彩はまるでその台に引き寄せられるように歩を進め、一冊の本の前で恐れおののいた。

「はぅあっ！　こ、これは‼」

彩の目にはそれが、神々しく光り輝いているように見えた。

彼女は目を細め、その漫画の発する光から身を守るように手をかざした。

そして、手の隙間からその一冊を確認する。

それは『初恋パレット』の愛蔵版だった。しかも数量限定のドラマＣＤ付きである。

「私としたことが、愛蔵版の発売日を忘れてたっ！」

もうとっくの昔に連載は終了していて、その時に発売された単行本を彩は二冊ずつ持っているのだが、愛蔵版はまた別腹である。

通常版はまだたくさん売られているが、ドラマＣＤ付きは残り一冊だった。

「うっわ！　ギリギリセーフ!!」

そう言って手を伸ばそうとした瞬間、彩の手が誰かの手と重なった。

「あ、すみません！」

「こちらこそ!!」

お互いに手を引く。

そうして顔を上げて彩は固まった。目の前の人物も同様である。

「え？　梨花さん？」

「彩さん？」

フードを目深にかぶりサングラスをかけているが、彼女は間違いなく梨花だった。そして、その手には『初恋パレット』のイラスト集。

それなりに値段が高く、数量限定の上、予約販売のみのそれはファンしか買わない逸品だ。ちなみに彩の手元にも同じものが先日届いている。

「こ、これは……っ！」

彩の視線に気がついたのか、梨花は恥ずかしそうに手元のイラスト集をうしろに隠した。その頬はリンゴのように赤くなっている。

彩は咳払いした。

そして、しばらく考えた後、言葉を選びながらゆっくりと口を開いた。

「前巻の愛蔵版についていたおまけ漫画、控えめに言って最高じゃなかったですか？」

「あっ！　すごい、分かる!!」

――友情が生まれた瞬間だった。

「いやー。まさか梨花さんが『初恋パレット』のファンだとは思わなかった！」

「私もまさか、彩さんが『初恋パレット』を読んでいるなんて思わなかったです」

二人は近くの喫茶店に入り、お茶を飲んでいた。

結局、最後の一冊を買ったのはじゃんけんで勝った梨花で、彩は通常版を手に入れ、ドラマＣＤは貸してもらう予定である。

梨花は興奮したように口元に手を当て、頬をピンク色に染めている。

「しかも、全巻初版持ちとか！　第一巻の初版だけ、少し台詞が違うんですよね！」

「わっ！　そのネタ知っているとか、ガチ勢だわぁ。二十歳ぐらいの子ってあんまり『初恋パレット』知らないんだと思っていた！　ドラマとかは知っているけど、原作は知らないって子多いし……」

「私もたまたま友達のおねえちゃんが読んでいたのを貸してもらって……」

二人は互いの立場を忘れて、身を乗り出しながら熱く語り合った。

出てきたコーヒーが冷たくなっても、手を付けることなく話し込む。

あのシーンがよかった。このシーンは深読みすればこうなる。あそこの布石は最高だった。など、二人の話は尽きない。

彩としても自分の話にここまでついてこられる人など初めてで、前世で親友だった人とふたたび出会ったような、そんな感覚に囚われていた。

そして、小一時間ほど夢中で話し続け、ようやく冷たくなったコーヒーに口を付けた後、彩は話を切り出す。

じっとりと地を這うような低音を響かせた。

「ところでさ……、智也さんってレン様に似ていると思いませんか……？」

その瞬間、梨花の動きが固まった。

そして、彩に人差し指をびしっと向けた。

「分かるー!!　この漫画を知ってからずっとそう思っていました!!　性格こそ違うけど、顔とか雰囲気とか、そっくり!!　そっくりすぎて辛い!!」

「いやぁ、本当に似ているよねぇ。この感覚を共有できる人が今までいなかったから嬉しい!!」

「分かります!　なかなか言える話じゃないですよね!!」

二人は手を取り合う。

「こんなところで、私以外のレン担に巡り会えるとは思わなかったよ!」

「え?　私、結城担です。すみません」

「梨花ちゃん!!」

心の距離が近くなったため、彩の口調はだんだん砕けてくる。もう敬語ではないし、敬称だって『梨花さん』から『梨花ちゃん』だ。ちなみに結城君はヒロインの本命である。

梨花は彩の手を握りしめながら悲しげに顔を逸らした。

「まさか、彩さんがレン担だったなんて。公式が推してるヒーローを好きになれないなんて、推しが報われる姿を見れないし……彩さん可哀想……」

「同情されたー!!」

しばらくコントのようなやり取りを繰り返した後、二人はようやく落ち着いて席に着いた。

もう外は日が沈みかけている。そろそろ帰らないと桑羽が心配してしまうだろう。

そう思いながら時計を見たところで、彩は梨花が肩を揺らして笑っていることに気がついた。

「本当に彩さんって面白いですね」

「そ、そうかな？」

「はい。なんだか自分の心に忠実に生きているって感じで、とても面白いし、羨ましいし、憧れます！」

「憧れる？」

彩の疑問に、梨花は少し目を伏せた。

口元には笑みが浮かんでいるが、その顔はどこか悲しげに映る。

「私にはできないことなので、余計に。それに、こんな私にも優しいですし」

「こんな私……？」

それこそ分からないと彩は首をひねる。

すると彼女は困ったように微笑んだ。

「智也さんと彩さんにとって、私は邪魔な存在でしょう？　二人の仲を邪魔している、それくらいは分かっています。智也さんにもこの前、釘を刺されちゃいました」

「釘って？　なにか言われたの？」

「嘘でも婚約者だなんて言わないでください。俺は梨花と結婚するつもりはさらさらありません……って」

わざわざ桑羽の真似をしながら梨花はそう言って苦笑した。

そして、彩に「あの時はすみませんでした」と頭を下げる。

そんな彼女の態度に、彩はどこか違和感を覚えた。

彩は今まで、梨花は桑羽との結婚に前向きなのだと思っていた。幼馴染で、仲はいいと聞いていたし、彼女も桑羽のことを慕っているように見えたからだ。

しかし、彩にこうして頭を下げる彼女は、本当に後悔しているように見える。

「ねぇ、梨花ちゃんは智也さんのことが好きなの？」

彩の言葉に梨花は少し考えてから頷いた。

「はい。好きですよ。……でも、彩さんが言っている好きとは少し違うと思います。私の智也さんに対する感情は兄妹や家族に向けるようなもので、恋愛関係になりたいとか、そういう類のものじゃないから……」

「じゃあ、なんで結婚話を拒否しなかったの？」

「それは……」

梨花が言いにくそうに視線を逸らす。

その時、耳が痛くなるような金切り声がした。

「梨花！　こんなところでなにをしているの？」

二人が視線を向けた先にいたのは、梨花の母親である佳子だった。

彼女は般若の形相で二人に大股で歩み寄る。

そして彩を一瞥してから、明らかに嫌そうな顔をした。

「梨花。まさか貴女、こんな子の話に耳を傾けていたわけじゃないでしょうね？」

「え、えっと……」

「そんな小娘放っておきなさいと言っているでしょう？」

「………」

梨花の顔色がどんどん悪くなっていく。

視線は地面に固定され、肩を強張らせながら彼女はじっとなにかに耐えているようだった。

佳子は髪を掻き上げながら、イライラしたように言葉を吐いた。

「梨花。私がなんのために貴女を小さな頃から桑羽の家に向かわせていたと思っているの？　全部、貴女が将来幸せになるためでしょう？　貴女はなんの取り柄もないんだから、智也さんと結婚することでしか幸せになれないのよ？」

「………」

唇を噛みしめながら、梨花は母親の言葉に一つ頷(うなず)いた。

「分かったならいいわ。彩さん、あなたもさっさと智也さんと別れて頂戴(ちょうだい)。手切れ金が欲しいならいくらでも払ってあげるから」

氷の女王のように彼女はそう吐き捨てる。

そして、話は終わったとばかりに彼女はその場を去ろうとする。

「あ、あの!」

そんな佳子を止めたのは彩だった。

彩の制止に佳子は振り返ることなく、視線だけを彼女に寄越(よこ)した。

「なにかしら? 説得とかいう寝言でしたら、聞くつもりはありませんけれど」

「えっと、今はそっちじゃなくて……」

彩は首を横に振り、いまだ固まったままの梨花に視線をやった。

「さっき、梨花ちゃんには取り柄(え)なんてないっておっしゃっていましたけど、そんなことないです。綺麗(きれい)だし、スタイルいいし、頭もよさそうだし! イタリア語も流暢(りゅうちょう)に話せるとかすごくないですか?」

彩はパーティーで見た彼女の姿を思い出しながら言葉を紡ぐ。

「とても優しいし、気遣いもできるし、度胸もあるし! 魅力的なところがいっぱいです! 私なんて外国の人を目の前にしたら足がすくんじゃうのに、すごく堂々と通訳していて……」

「……そう思うのなら、貴女は早く智也さんと別れたほうがいいんじゃないのかしら？　彼の将来を願うなら、貴女よりうちの梨花がそばにいたほうがいいとは思わないの？」

「条件だけで言えば、そうかもしれません。でも、それだけじゃ人は幸せになれないと思うんです。私は条件だけを追い求めるような生き方をしたくないし、私の大切な人――智也さんや……まだ知り合ったばかりだけど梨花ちゃんにも、無理してそういう生き方をしてほしくない」

彩は苦笑いを一つ零した後、さらに続ける。

「えっと、うまく言えないんですけど、一番近くにいる貴女が梨花ちゃんのことを否定しないであげてください！　……って、なんだか偉そうに言ってすみません。私が言いたかったのはそれだけで……」

その言葉に梨花が顔を上げる。

目を瞬かせながら彩のことを見ているその瞳は、少し潤んでいた。

彩の言葉に、佳子はまるで苦虫を噛み潰したような顔つきになる。

「本当にね。人の家のことを心配する暇があったら貴女は自分の心配をしたらどう？」

「自分の心配？」

「とにかく！　こんな教養のなさそうな子と話をしていないで、梨花はさっさと気持ちを固めてしまいなさい！　来週には関係各所に結婚式の招待状を送りますからね！」

「えっ！」

梨花は狼狽えたような顔でその場から立ち上がった。

佳子はそんな娘を目の端に捉えながら、今度こそ踵を返す。

「政光さんもぐずぐず言っているようだけど、ここまで根回しをすれば頷かざるをえないでしょう？　彩さん、結婚式にはお呼びしますからね」

そう言って、佳子はその場を後にする。

ヒールがタイルを蹴る音がその場にこだました。


彩たちがそのカフェから出たのは、それから十分後だった。

暗くなり始めた道を二人は、とぼとぼと並んで歩く。

二人の間にあった先ほどまでの熱はもう完全に冷え切ってしまっていて、沈黙が二人の間に落ちていた。

そんな沈黙を破ったのは、梨花の弱々しい一言だった。

「ごめんなさい。母が強引な人で……」

「いや。梨花ちゃんが悪いんじゃないし！　っていうか、もしかして、梨花ちゃんが智也さんとの結婚話を断らないのは、お母さんがそう言うから？」

梨花は少し逡巡した後、弱々しく頷いた。

「……母の言うとおり、私はなにもできない子供だから、これぐらいしか母を喜ばせる方法がなくて……。実は、あの結婚話もおじさまが母に提案したことじゃなくて、母がずっと前からそういう話をしていて、おじさまが今回たまたま頷いたってだけなの。母は前々から私を桑羽の家に嫁がせる気でいて、桑羽と竜ケ崎家が繋がれば、さらに事業を拡大できるからって……」

俯いた梨花の肩を彩はぐっと掴んだ。そして、歯を見せて笑う。

「梨花ちゃん！　さっきも言ったけど、梨花ちゃんはすごいよ！　立派だよ！　私にはできないいろんなことができるし！　綺麗だし！　優しいし！　だから、もうちょっと自信を持って！　そんなに自分を卑下しなくても、大丈夫だよ！」

彩がそう励ますと、梨花の顔がくしゃりと潰れた。

そして、目に涙をためたまま声を震わせる。

「私、本当は留学がしたいの！　留学をして、通訳と翻訳の勉強をして自分の足で歩いていきたい！　まだ大学在学中なのに、結婚なんか……」

「梨花ちゃん……」

弱々しい声になんと声をかけていいか分からず、彩は視線をさまよわせた。

そんな彩の困った様子に、梨花は目元を袖で拭うと、明らかに無理をしている笑顔を向けた。

「ごめんなさい。こんなことを相談したらダメですよね？　私のせいで彩さんだって困っているのに……」

梨花は彩から距離を取る。

そうして夕日を背に笑って見せた。しかしその笑顔は、明らかに不自然だった。

「私、先に帰りますね！　智也さんによろしくお伝えてください！」

そのまま、まるで逃げるように彼女は帰っていった。

マンションに帰ってきた彩は、ぐったりとソファに腰掛けていた。

頭の隅に浮かぶのは梨花の無理をしているような笑顔。そして、彼女の母親である佳子の冷たい態度だった。

（はぁ……、私はいったいどうすればいいんだろう）

「彩」

（梨花ちゃん、最後のほう泣いていたよね。なんとかしてあげたいなぁ……）

「彩」

（でも、こういうのって私が間に入っていいこと？　私がなにか言ったところで、佳子さん絶対になにも変わらないよなー……）

「あーや」

甘ったるい声で呼ばれ、彩は顔を上に向けた。すると、笑顔を無理やり張り付けたような桑羽が彼女を見下ろしている。

彩は彼を見てひらめいた。

(あ、そうだ！　智也さんならなにか知っているかもしれないし、解決の糸口を見つけられるかも。なんてったって、二人は幼馴染なんだし)

「あ、智也さん、いいところに！　ちょっと相談したいことがあるんですが！」

「奇遇ですね。俺も聞きたいことがあるんですよ」

桑羽は笑顔のまま、一つの封筒を取り出した。薄紫色の洋形封筒だ。

彩が首をひねっていると、彼はその中から一枚の紙を取り出して差し出した。

「彩、これなんですか？」

一瞬、彩は呼吸が止まった。顔から血の気が引き、目をこれでもかと大きく見開く。

彼が取り出したのは一枚の写真だった。

そこに写っていたのは、堀内と彩。

写真の中の二人はキスをしていた。

「あ、え、えぇぇぇぇ？　な、なんで？」

「『なんで』はこっちの台詞です。これはなんですか？　俺の見間違いでなければ、堀内さんと彩がキスをしているように見えるんですが……」

「そ、そんなものどこで……」

　彩の声が震える。すると桑羽は、暗く濁った目をゆっくりと細めた。

「知りませんよ。うちのポストに投函してありました。送り主は不明です。……で、これはなんですか？」

「あ、あの……」

「……俺になにか言うことは？」

「すみませんでした!!」

電光石火の早業で彩はその場に土下座をした。

彼の表情は、もう完全に怒りのメーターが振り切れている。

そんな彩を見下ろしながら、桑羽は笑顔を収め無表情になった。

「その謝りはなにに対するものですか？　まさか、出来心で浮気……」

「違います!!」

「違うというなら、どういう経緯でこうなったのか話してくれますよね？」

「それは……」

　正直に話してしまえば、きっと桑羽の怒りは、彩だけではなく堀内にも向かうだろう。

さすがにそれは避けたい。

桑羽はさらに続ける。

「それに、家から出ていく前になにか隠していましたよね？　あれも見せてください」

「あれ……ですか？」

渋る彩に、桑羽は満面の笑みを浮かべた。しかし彼の目の奥はまったく笑っていない。それどころか地獄の業火が見て取れる。

「それでは、久々にペナルティいきますか？　そうそう、彩のために色々な遊び道具を買ってきていたんですよ！　最近、使うようなことがありませんでしたのでしまっていたんですが、いい機会ですし、今日は全部使ってしまいましょうか！」

その言葉に彩は身を震わせた。

「言います！　全部言いますから！　それだけはっ!!」

「もう遅い」

その声は、地獄から這い出てきた亡者のように恐ろしかった。

「では、そこのソファに座って脚を開いてください」

「な、なんで！」

悲鳴のような声を上げた彩は立ち上がり、桑羽から距離を取った。その距離を詰めながら桑羽は彩の腕を掴み、にっこりといい笑顔を見せる。

「君が一人でシてるところの写真がちょうど欲しかったんですよね。無理やり縛り上げてもよかったんですが、今日の君はなんでも言うことを聞いてくれそうだったので。……ちなみに、撮った写真は携帯電話の待ち受けにするつもりです」

そのとんでもない発言に彩は固まった。そしてちぎれんばかりに首を横に振る。

「や、やだ！　絶対しない!!」

「おや？　彩は悪い子ですね。浮気をしたにもかかわらず、ちゃんとごめんなさいもできないんですか？」

「う、浮気じゃなくて、あれは……」

「じゃあ、なんなんですか？」

「こ、告白されて……不意打ちで……」

視線を逸らしながらそう言うと、彼は目を眇めた。

そして、明らかに不機嫌な低い声を出す。

「あの男……」

「か、課長は悪くないんです！　私が智也さんや香帆ちゃんの忠告をちゃんと聞かなかったから……」

「ほぉ、彼を庇うんですか？」

桑羽の目が据わる。久々に色を失くしたその瞳に、彩は震えた。

「そういえば、堀内さんの名前は廉でしたね。もしかして、彼が貴女の言っていた『レン様』ですか？　前々から名前が一緒だとは知っていたのですが、俺とはタイプが違うようなので警戒していませんでした……」

「や、ちが……」

「もしかして、ずっと片想いだった相手に告白されて心変わりでもしましたか？　俺のことなんてもうどうでもよくなりましたか？　やっぱり俺は代替品……」

「そんなわけないじゃないですか！」

そう叫んで、彩は目の前の彼を苦しいぐらいに抱きしめた。

間近で彼が息を呑むのが分かる。

彩はまるで叩き付けるかのように言葉をぶつけた。

「堀内課長はレン様じゃないです！　無関係です!!　あ、あと、智也さんのこと代わりだなんて思ったこと一度もないです!!　私が好きなのは、智也さんです！　信じてください!!」

そう叫ぶと、腕の中の桑羽の動きが止まる。

彩はそんな彼をさらに抱きしめ、言葉を続けた。

「あんな写真を撮られておいて、信じてほしいなんて図々しいかもしれないですけど、私は本当に智也さんのことが……」

「……知っていますよ」

「え？」

「彩の気持ちは分かっていますよ。久々にショックなものを見てしまったので、少し意地悪しようと……そしたら、思いがけずいい言葉が聞けました」

顔を上げると、困ったように笑う桑羽がいた。その目は優しく細められている。

そんな彼を見て、彩は肩の力を抜いた。そのままへたり込んでしまう。

「本気で誤解されたかと思いました。酷いですよ……」

「まぁ、酷くしないと罰（ばつ）にはなりませんからね」

そんな彩を抱き上げて、桑羽はソファに座った。

彩は彼の膝の上に座らされる。

桑羽は優しく彩の頭を撫（な）でる。

その温もりが彩の心をじんわりと溶かした。

「一つだけちゃんと聞かせてください。……堀内さんへの告白の返事は？」

「ちゃんとごめんなさいって断ってきましたよ？　当たり前です」

「それならいいんです」

ちゅっ、と鼻先に唇を落とされて、彩は頬を熱くした。

「それと最後に、ちゃんとキスは上書きしておきましょうね。君に他の男の感触が残っているとか、ありえませんから……」

「実は、私もお願いしようと思っていました」

桑羽の言葉に、はにかみながら彩がそう言うと、後はもう貪(むさぼ)られるように唇を吸われる。ひりひりと唇が痛みだすまで彼は彩を離してはくれなかった。


「梨花ちゃんと佳子さんって最初からあんな感じだったんですか？」

彩は桑羽の膝に乗せられたまま、彼にそう聞いた。

先ほど梨花と会ったことや、佳子の言葉、その時の状況などはもう桑羽に話している。

彼は彩を抱きしめ、困ったような笑みを浮かべる。

「そうですね。梨花は昔、気弱な子でしたから。苛められていた頃もあって、佳子さんはその時に結構苦労したみたいですよ。うちによく来るようになったのもそれぐらいの時で、気が強い佳子さんは内気だった梨花がうまく理解できなかったみたいですね」

彩はその時の二人の心境を想像しながら天井を見上げた。

梨花が自分のことに自信がなくなったのは、きっとその頃の苛めが原因だろう。

どうして自分が否定されるのか分からないまま、彼女は自分の殻(から)に閉じこもるようになってしまったのかもしれない。

そして、殻(から)に閉じこもりがちになった梨花のことを、佳子は本気で心配した。色々悩んだ末に、彼女が幸せになれる道として、桑羽との結婚を思いついたのかもしれない。

それならば、梨花はもっとわがままになってもいいと彩は思うのだ。

佳子の辛辣な言葉の裏にあるのが愛情ならば、梨花の言葉がまったく届かないなんてことはないはずだ。

「二人とも、もうちょっと歩み寄れたらいいですね」

「彩は優しいですね。……こんな写真を送り付けられたのに……」

「え？」

「気がついていませんでしたか？　これはきっと佳子さんが入れたものですよ？　写真は調査会社にでも頼んだのでしょう。これを見せて俺たちの仲を悪くさせようとしたんです」

桑羽の言葉を聞いた瞬間、彩はあっと声を上げた。

『人の家のことを心配する暇があったら、貴女は自分の心配をしたらどう？』

あの『自分の心配』というのはこのことを指していたのだと、彩は今更ながらに理解した。そして、この辺にいるはずのない佳子とばったり出くわしたわけも……

「俺も彩の話を聞くまでは気づきませんでしたけれどね」

「そうだったのか……」

彩が呆けたようにそう言うと、桑羽はふたたび彩をきつく抱きしめてくる。その力強さに咳き込みそうになりながらも、様子がいつもと違う彼の腕をそっと撫でた。

「どうしてみんな、俺たちの仲を邪魔しようとするんでしょうね……」

「それは……」

正直に言ってしまえば、それは桑羽のせいではない。桑羽に見合わない自分が悪いのだと彩は分かっている。自分では見合わないなんて思わないようにしているし、口には決して出さないが、周りからどう思われているかは明白だった。

彩は謝る代わりに彼の腕を撫で続けた。謝ってもどうにもならないし、謝ることが桑羽にとって気持ちいいことではないと分かっているからだ。

少しだけ疲れたような声色が耳朶を打つ。

「彩、このまま無理やり籍を入れませんか？　そうしたら、誰も文句を言えなくなる」

彩は桑羽と向き合った。そして、じっと目を見たままゆっくりと口の端を上げる。

「しませんよ」

「…………」

「ちゃんと、認めさせてみせますから！　まだどうすればいいのか分かりませんけど、絶対に！　だから、大丈夫ですよ！」

そう言って笑うと、桑羽もつられたように微笑んだ。

それから数日間は、何事もなかったかのように時間が過ぎていった。

同じマンションに住んでいる梨花にも会わない。平穏無事なこれまでの日常だった。

しかし、彩は時折心配になっていた。

あの時、逃げるように去っていった梨花は大丈夫だっただろうか？　と。

それでも、自分から会いに行っては迷惑をかけるかもしれない。彼女の母親である佳子は梨花が彩に会うことを嫌っていて、彼女はそんな母親に従順なのだ。

だから、心配にはなったものの、下のフロアに様子を見に行くのは我慢した。

そんな悶々（もんもん）とした日々を過ごしていた時だった。

会社から帰ってきた直後、部屋のチャイムが鳴ったのだ。慌てて出てみるとそこには……

「彩さん、お久しぶりです！」

「梨花ちゃん！」

彼女の手には、例の漫画の愛蔵版がある。

「これ、約束していたので貸しに来ました！」

にっこりと機嫌よく笑う彼女は、まるで憑き物が落ちたようだった。

「わぁ！　ありがとう！　すごく聞きたかったんだよ、このドラマＣＤ‼」

興奮しながら彩がそう言うと、梨花は目を細め、そして申し訳なさそうに視線を下げた。

「あの、この前はごめんなさい。まるで逃げるみたいに……」

「いいの、いいの！　それより、大丈夫だった？　心配していたんだけど、直接訪ねるのもどうかなって思って。佳子さん来ていたら怒られちゃうでしょう？」

「気にしていただいて、ありがとうございます。でも大丈夫です！　母があんな感じなのはいつものことなので……」

「梨花ちゃん……」

一瞬にして陰った顔を見て、彩は眉根を寄せた。

やはり彼女の中での母の存在は大きく、絶対に逆らえないのかもしれない。

それならば、自分がなにか手伝ってあげよう。

なにができるのか分からないけれど、一緒に説得するぐらいならできるはずだと、彩は口を開きかけた。しかしその時、梨花の元気な声が彩の言葉を遮った。

「でも私、彩さんを見ていて思ったんです！　もっと自分のやりたいように生きなきゃダメだって！　彩さんはいつも人生を面白おかしく生きていて、自由で！　私もそうなりたいなって！」

その時、少し前の桑羽の言葉が脳裏に蘇ってきた。

『君は俺とまったく違い、人生を面白おかしく生きている。……そして、気がついたんです。君の中で俺という存在は人生を面白く生きるためのスパイスに過ぎないのだと。それを理解した時には、もう君に夢中でした』

(面白おかしく、か……)

彩としてはただ本能のままに生きているだけなのだが、特別な家に生まれた彼らには、それがとてつもなく魅力的に映るのかもしれない。

梨花はしっかりと彩の目を見て頷いた。

もうそれだけで、以前の彼女じゃないのだと理解できる。

「だから、私、母にちゃんと言ってみようと思います。やりたいことがある、結婚はしたくないって！」

「うん！　応援してる！」

彩はしっかりと頷き返した。

肩の力が抜けたのだろう。彩の頷きに、彼女はふにゃっとした笑みを浮かべた。

「今日はその決意だけ聞いてほしくて来ました。ごめんなさい。私の決意表明なんて聞きたくはないと思ったんですが……」

「そんなことないよ！　私たち友達じゃない！　あ、でも、智也さんは譲れないけどね！」

「ふふふ、いりませんよ。私、結城担って言ったじゃないですかー」

そう言って二人は微笑み合った。

――梨花となら、もし彼女が留学で遠い国に行くことになっても、ずっと長く、それこそ一生の友達でいられるような気がする。

(今度、香帆ちゃんにも紹介したいな)

そしたら、三人で出かけるなんていうのも面白いかもしれない。

彩はそんな未来に胸を躍らせた。

「そうだ！　よかったら一緒にこのCD聞かない？」

「それならうちに来ませんか？　実は先日、いい紅茶をいただいたんです！」

「いい紅茶かぁ。梨花ちゃんが言うなら、本当にいい紅茶なんだろうねー」

「ふふふ、そうですよー！　とっておきのをご馳走します」

そんな弾ける声に誘われるまま、二人は梨花の部屋を目指した。

目指したと言っても、一つ下に下りるだけなのだが、それでもまだ見ぬ地に向かうようで、彩はわくわくした。

エレベーターは使わず階段で下りる。すると、フロアに着いたのと同時にエレベーターが開いた。

彩と梨花が住んでいるマンションは高級マンションで、三十五階から四十階までは一つの階に一部屋しかない。

つまり、この三十九階に下りるのは、梨花に用事がある人のみなのだ。

そしてそのエレベーターを降りたのは、二人のよく知る人だった。

「お母さん、なんでここに……」

「なにしているの、梨花。……またそんな女と一緒にいるの？」

彩がいると気づくと、佳子は声を低くしてそう言った。

彼女からしてみれば、彩は梨花の幸せを邪魔する人間なのだ。当然だ。

「……そろそろ結婚式の招待状を出そうかと思って準備していたのよ。貴女にも式に呼びたい人がいるかと思って一応確認しに来たのだけれど……」

佳子は嫌悪感を隠すことなく彩を睨んだ。

「来てみてよかったわ。梨花の現状を知ることができたもの」

苦々しく睨みつける佳子から彩を守るように、梨花は二人の間に立った。

そして、きりっと顔を上げる。

「お母さん！　お話ししたいことがあります」

「……なにかしら？」

「私、結婚はしません！」

その言葉に一瞬目を見張った後、佳子は視線を彩に投げた。

「智也さんのことといい、ずいぶん人をたらし込むのがうまい子のようね。梨花は人付き合いが苦手だから余計にかしら……」

「彩さんに言われたからじゃないの！　私が自分で考えて!!」

「そんなわけないでしょう！　今まで貴女が反抗したことなんてなかったじゃない!!」

梨花の声の数倍大きな声が、フロアにこだまする。

それは空気を揺らした。

「どんなことを言って娘をたぶらかしたのかしら。本当に目障り（めざわ）な子ね……」

明らかに聞こえるように舌打ちをされて、彩も一瞬ひるんでしまう。

しかし、庇（かば）われてばかりではいられないと、顔を上げて声を張った。

「結婚のことはひとまずどうでもいいです！　今は梨花ちゃんの話を聞いてあげてください！」

「梨花の話？」

「お母さん。私ね、留学したい！」

「………」

梨花の言葉に佳子は瞠目（どうもく）した。

彼女は固まる佳子に必死に言い募（つの）る。拳（こぶし）は力が入りすぎて白（しら）んでいた。

「最初は旅館のためにと思って始めた語学の勉強だけど、今はそれを仕事にしたいって思っているの！　留学して、一生懸命勉強して、それで……」

「貴女にそんなことできるわけがないじゃない！　黙って結婚すれば幸せに……」

「なれないよ！　自分のしたいことを我慢して、好きでもない人と結婚しても、絶対に幸せにはなれない！」

梨花の鬼気迫る言葉に、佳子は地団駄を踏む。

しばらくの沈黙ののち、佳子は絞り出すように声を出した。

「……それでも、智也さんと結婚したら一生安泰よ？　今後、なんの心配もなく生活できるのよ？　竜ケ崎家で育った貴女がそこら辺の人と結婚しても……」

「今は頼りないかもしれないけど、私だって一人で歩ける!!　歩けるようになる!!」

「…………」

「……心配させてごめんなさい。でも、信じてほしい……」

消え入るようにそう言って、彼女は小さく震えた。それが限界だったのだろう。小さくすすり泣く声が聞こえてくる。

佳子はそれを見てしばらく黙っていた。

そして、諦めたように首を振って、ため息を吐いた。

「……やっぱり、その女になにか言われたのね」

「なんで……」

「だって、私はこんな貴女を知らないわ。まるで別人みたい……」

「お母さん」

佳子は困ったように笑っていた。口の端をわずかに上げているだけの笑みだが、彩には佳子のその顔が子供の成長を喜んでいるように見えた。

「……いいわ、信じてあげる。ただし、五年間よ。それまでに結果を出せなかった場合は、私の決定に従うこと。分かった？」

「うん！」

元気よく返事をする梨花は、まったく大人びてはいなかった。

それこそ幼い子供のように彩の瞳には映る。

彩は梨花の背中を支えながら「よかったね！」とつぶやく。

すると、梨花は彩の首に抱きついて、何度も何度も頷いて見せる。

そこで彩は、佳子と目が合う。彼女はやはり彩には冷たい視線を送っていた。

「彩さん」

「な、なんでしょうか？」

「……お幸せに」

淡々と彼女はそう言った。

◆◇◆

「それじゃ、元気でね！」

「はい、また連絡しますね！　帰国した時は、お土産(みやげ)持っていくんで待っていてください！」

「うん！　楽しみにしているね！」

人が入り乱れる空港で、彩と梨花は手を取り笑い合った。

彩のうしろには桑羽がいて、二人を見守っている。

そう、梨花は今から語学留学に行くのだ。

大学は休学し、帰ってきてから単位を取り直すらしい。

望んでいたこととはいえ、わずか数週間で留学を決めた梨花の行動力はすさまじく、なんとなく佳子と似ているような気がした。

「というか、佳子さん、見送りにきてないんだね？」

あたりを見回しながら彩が言う。梨花の見送りは彩と桑羽の二人だけで、肝心の佳子の姿はどこにも見当たらなかった。

「『勝手に行くんだから、見送りには行かないわよ！　勝手に行って、勝手に帰ってきなさい！』って……」

「……そっか」

「でも、『頑張ってきなさい』とも言ってくれました！」

夢がかなった梨花は清々しく笑う。

彩はそんな彼女を見ながら胸を撫で下ろしていた。

何十年もの母娘のわだかまりを、二人はこの数週間で乗り越えたのだろう。そう思えたからだ。

「きっと佳子さんも寂しいんでしょうね」

「そうですかね？」

彩のうしろに立つ桑羽の言葉に梨花がそう答えた時、ちょうど梨花が乗る飛行機に関するアナウンスが聞こえてきた。そろそろ搭乗が始まるというのだ。

そのアナウンスに、梨花は静かに頷いた。

彼女にとってそれは、これから始まる新しい人生の号砲だったのかもしれない。

「それでは、行ってきます」

今までに見たこともないような勇ましい瞳で、彼女はそう言った。

「うん！　いってらっしゃい！」

そうして、彼女は飛び立っていった。

小さくなっていく白い鉄の鳥を、彩と桑羽は見送る。

「結局、私、梨花ちゃんになにもできなかったなぁ」

彩は眩しい空を見上げながら、そう零した。

「留学を決めたのも、佳子さんを説得したのも梨花ちゃん自身だし……」

「そんなことありませんよ」

その言葉に彩は視線を桑羽に移した。

彼は彩を慈しむような瞳で見下ろしている。

「全部佳子さんから聞きました。彩は本当にすごいですね。あの二人の関係を改善させるなんて、今まで誰にもできなかったのに……」

「いや、本当に私はなにも……」

「『私たち二人とも、あの子に絆されちゃったの。あんな顔して、すごい人たらしよ？　智也さんも気をつけたほうがいいと思うわ。気がついたらなにもかもあの子のペースよ？』」

「え？」

「佳子さんの言葉です。彼女なりに褒めているんだと思いますよ？」

その言葉に胸が温かくなる。彩は、微笑みながら口を開いた。

「政光さんと美里さんは、最初からすべてお見通しだった気がします」

「すべて？」

「梨花ちゃんが智也さんとの結婚を望んでいないこととか、それぞれが抱える問題全部。もしも私がそれらをうまく解決できたら認めてやろうって、試されていたのかなぁって……」

彩の言葉に桑羽は噴き出すように笑った。

「彩が自力でこの状況を乗り越えるか試していたってことですか？　考えすぎでしょう。父は経営以外は本当に適当な人なんですから。今回のことは断るのが面倒な事案を彩に押し付けてきたというだけでしょう」

「そうなんですかね？　智也さんのお父さんですから、そういう可能性もあるかなぁって……」

「彩は父のことを買いかぶりすぎですね」

「そうですか？」

そこで二人の視線が絡み合う。

桑羽はゆったりと微笑んだまま彩の頬を撫でた。

「彩」

今まで以上に甘ったるく名前を呼ばれて、体温が上がった。

ただ自分の名を呼んでくれただけなのに、それがまるで愛の言葉をささやかれたように感じてしまう。

桑羽は彩の左手を取った。そして、その手の薬指になにかが触れる。

「結婚してくれますか?」

「へ?」

触れられている手を改めて確認してみると、そこには指輪があった。

永遠を誓う宝石はキラキラと太陽の光を反射して、七色に輝いている。

「ちゃんとプロポーズしていなかったので」

「プロポーズって……」

確かにちゃんとはされていないが、彩の意思はもうすでに固まっているし、彼だってそれをちゃんと分かっている。

それでも手順を踏んで、一生一緒にいてほしいと告げる彼のそういう誠実さが愛おしい。

「今回のことで、ますます惚れ直してしまって、もう手放せません。まぁ、ずっと前からそうでしたけれど……」

「前々から言おうと思っていたんですが、結婚しても私、変われませんよ? ずっとこのままだと思います。家庭に入って智也さんを支える貞淑な妻みたいなこともできませんし、華やかな世界には一生馴染めないと思いますし……」

この際だからと彩も思っていたことを口にした。

なんだかんだ言って仕事が好きな彩は、きっと世間一般で言うところの『社長の妻』にはなれないだろう。そして性格的にも、お淑やかで嫋やかな女性というのにもなれはしない。

最終確認とばかりにそう聞いたところ、彼はもちろんだと頷いてくれた。

「彩はそのままでいいですよ？　いいえ、むしろずっとそのままでいてください。俺が好きになったのは、自由奔放で人生を面白おかしく生きている、可愛らしい彩なんですから」

そう言った直後、唇にキスを落とされた。

周りの目を気にすることなく、彼は彩をその腕に抱きしめる。

彩は赤くなったであろう顔を隠すように彼の背にまわした腕に力をこめた。

「智也さん。どうぞよろしくお願いします」

「はい。こちらこそどうぞよろしく」

「ところで、あの時のお仕置きがまだでしたね？」

そう言われたのは、改めてプロポーズを受けたその日の夜だった。もう寝ようとベッドに入ったところでそう声をかけられ、彩は固まった。

このまま情事になだれ込むのは、まぁいい。彩も彼と繋がれるのは嬉しい。けれど聞き捨てならないのは彼の『お仕置き』という言葉だった。

「な、なんのお仕置きでしょうか……？」

「彩は、もう忘れたんですか？　俺は君の唇が誰かに奪われたと知って、あんなにショックだったのに……」

わざとらしく憂い（うれ）を帯び（お）た顔をして、桑羽は視線を逸らす（そ）。彩は頬を引きつらせながら「あー……」と声を漏らした。

『君が一人でシてるところの写真がちょうど欲しかったんですよね』

彼は以前、確かそんな風に言っていた。一人でなんてシたことがないし、お仕置きなんてされたくないのだが、彼は楽しそうに彩を追い詰めていく。

「彩、今回はすごく頑張ってくれましたし、特別に道具を使うのはなしにしてあげます」

有無（うむ）を言わせぬその言葉に、彩の背中に冷や汗が流れた。

彼は彩を一人でベッドに座らせると、さわやかな笑顔を向ける。

「なしにしてあげますが、俺が怒っているのは変わりませんからね。さぁ、一生懸命『ごめんなさい』しましょうね？」

その言葉だけでもう泣きそうになった。

（う、うぅ……なんで私こんなことしているんだろう……。もしかして私ってM（マゾ）なのかな……）

ベッドに座り、膝を立てた彩は首まで熱くし桑羽を睨（にら）みつけていた。

膝は立てているが脚は隙間なく閉まっており、M字開脚というよりは、A字開脚といった具合である。そんな彼女の膝に手を伸ばし、桑羽は脚を開かせた。

「やっ！」

「このままじゃ、一人でできないでしょう？　ほら、見せてください。俺に対して本当に『ごめんなさい』と思っているのなら」

「それは思っていますけど……」

「なんですか？　もしかして、手伝ってほしいんですか？　彩は甘えん坊ですね」

「手伝ってもらわなくて、大丈夫です!!」

彩はそう言って断るが、正直この後どうすればいいのか分からない。

それはそうだろう、一人でなどほとんどしたことがないのだ。

思春期真っ盛りの頃、初体験を済ませた友人の話を聞き、好奇心で少し触ったことがある程度である。

触るといっても本当に下着の上から撫（な）でただけで、一人エッチというにはほど遠い。

「どうしましたか？　やっぱり悪いなんて思っていないんですか？　恋人に黙って他の

人とキスをして、罪悪感がまったくないというんですか？」

その意地悪な笑顔に、彩は泣きそうになった。

（と、智也さんって、本当に私のこと好きなのかな……）

今更、気持ちを疑っているわけではないが、あまりの扱いに思わずそう感じてしまう彩である。

桑羽にとっては好きな子をからかっているとか、いじめているという感覚なのかもしれないが、彩には到底理解できない。

好きな人には優しくあるべきだし、親切にするべきだ。

まぁ、そういう話から考えれば、桑羽は十二分に優しいし親切なのだが……

「もしかして、やり方が分からないんですか？」

いつまでも固まったままの彩を不審に思ったのだろう。桑羽はそう言い首をひねった。

「はい……」

「それなら、俺が指示しますから、それに従ってみてください。では初めに下着の上から触ってみましょうか。そう、丁寧に、円を描くように、ですよ」

彩は言われるがまま、指の腹で自分の秘所をなぞる。

「んっ」

「上手ですね。次はクリトリスに触ってみましょうか？　そうそう、その突起ですよ。

最初は指で触ってみて、慣れてきたら指で弾（はじ）いてみてください」

「――っ！　あっ、あぁ……」

恥（は）ずかしげもなく発せられる桑羽の言葉に、彩の心拍数は上がっていく。

少し尖（とが）り始めた突起を言われた通りに指で弾（はじ）くと、まるで電気が走ったような刺激に腰が跳ねた。ショーツがだんだんと湿っていくのが自分でも分かる。

「もう下着は脱いでしまいましょうか？　それ以上濡れると後から穿（は）けませんしね。あぁ、下着は俺が脱がせてあげますよ。……ほら、腰を浮かせて」

彩が腰を浮かせると、桑羽はなんの躊躇（ためら）いもなく下着をずらした。

そして「あぁ」と声を上げる。

「もう手遅れでしたね。こんなに糸を引いて……。ほら、もうココが物欲しそうにひくついていますよ？」

しっとりとした声を響かせながら彩の下着に指を這（は）わせて、そのぬめりを取り指で弄（もてあそ）ぶ。そんな桑羽を見ながら彩はいつもより低い声を出した。

「前々から思っていたんですけど、智也さんってそういうの恥（は）ずかしくないんですか？」

「そういうの？」

「そういう、恥（は）ずかしいというか、いやらしい台詞（せりふ）……」

彩が顔をそむけながらそう聞くと、桑羽は目を瞬（またた）かせる。

そして、「そうですね……」と口元に手を当てた。

「彩に言うのは恥(は)ずかしくはないんですが、他の女性に言うとなったら、また別でしょうね」

「別って……」

「俺は今まで女性を抱く時、そんなに喋(しゃべ)るほうではなかったんですよ。こう、淡々と行為だけする、という感じでしょうか。そもそも女性と話すのも好きではないですし、周りに寄って来る女性を嫌悪(けんお)していたぐらいですから」

それは意外な告白だった。

彼はいつも誰に対しても、物腰の柔らかい感じなのだと思っていた。

寄ってくる女性があまり好きではないというのも意外だったが、行為を淡々とこなす桑羽というのは想像がつかない。

「だからまぁ、恥(は)ずかしいというか、そもそも君以外にこういうことは言わないでしょうね」

その言葉に彩はなぜか胸が熱くなった。恥(は)ずかしい言葉を言われることが、まるで彼に特別に想われている証拠のような気がして心臓がきゅんと締め付けられる。

(ちょっと待って！　なんでこんな状況でときめいているの！　私、変態になったのかな!?　というか、変態か！　手遅れか!!)

「それでは下着も脱ぎましたし、続きをしましょうか？　彩、好きな指で入り口を擦ってみましょうか？」

「こう？　……んっ、はっ、んん……」

「そうです。そこは私がいつもお邪魔しているところですね。入り口からとっても熱くて、すぐに理性が飛んでしまいそうになるところです」

「ん、んんっ」

彩は脚をM字に開いたまま、熟れた割れ目をなぞる。粘り気のある水音が、指を動かすたびに耳朶に届いた。

「彩、腰が揺れていますよ？　気持ちがいいんですか？」

「へ？」

気がつくと自然にゆらゆらと腰が揺れている。

彩はそのことに気づき、恥ずかしさで頬を上気させると、ぎゅっと目をつむった。

腰の動きは無意識にどんどん激しくなっていく。

まだ外側を刺激しているだけなのに、愛液は溢れてシーツにシミを作った。

（も、入れたい……！）

内側のむずがゆさに、彩は人差し指を潤んだ裂け目にゆっくりと侵入させる。

ずちゅ、といやらしい音を響かせて第二関節のあたりまで指を入れると、ゆっくりと中を擦り始めた。

　それを見ていた桑羽はふっと笑う。

「彩、自主的に中を刺激するなんて、我慢できなくなりましたか？」

「うん、あぁっ、あっ、あっ」

「ほら、そのぐらいの挿入じゃ物足りないんじゃないですか？　俺が手伝ってあげますよ」

　桑羽は動かしているほうの彩の手を持つと、そのまま強引に指を押し進めさせた。そして、そのまま中を掻き混ぜるように腕を強制的に動かしていく。

「あ、あぁっ！　や、やだっ！　あ、あ、あぁっ‼」

　身体を小さくして彩はその刺激に耐える。

　その間に桑羽は彼女のシャツのボタンをはずし、ブラジャーのフロントホックをはずした。そして、その胸の頂を吸い始める。

「やだ、ともやさ、やっ！　やぁっ！」

「ほら、そんなに首を振ってないで、指が止まっていますよ？」

　彩はその言葉に、目尻に涙をためたまま、桑羽がそうしていたように中を掻き混ぜる。

「あ、やだっ、も、んんっ！」

「どうしたんですか？　そんな物欲しそうな顔をして。あぁ、指の長さが足りないんですね。もうそれ以上は入りませんもんね」

「おく、ほしいのにっ！　や、ん、んんっ！」

もう指は限界まで埋まっている。

しかし、彩が刺激してほしいのはその奥なのだ。

彩は涙で膜の張った瞳を桑羽に向けて、懇願（こんがん）した。

「ともやさん……だめ？」

「ダメです。これは罰（ばつ）ですからね。すぐに楽にはしてあげられません」

「――っ！」

彩は耳まで熱くしたまま、切なさで身体を震わせた。

――欲しいのに、届かない。気持ちよくなりたいのに、なれない。

そんな彼女の顎（あご）を掬（すく）って桑羽は黒い笑みを見せた。

「彩、『ごめんなさい』は？　ちゃんと言って、反省してください。そうしたら、許してあげます。ちゃんと気持ちよくもしてあげますよ？」

「ご、ごめんなさい！　勝手にキスされて、ごめんなさい!!」

「はい。よくできました」

「んぁあぁっ！」

彩の額（ひたい）を優しく撫（な）でた後、桑羽は自身の太い男根で彼女を突き刺した。

そして、そのままベッドに寝かせ、腰を激しく打ち付ける。

「あ、あぁ、あ、あ、あ、あぁぁっ！」

リズミカルな動きに合わせて彩の声も跳ねる。

「キスも、もう一度上書きしておきましょうか」

はっ、と息を吐きながら桑羽がそう言う。

そのまま唇にかじり付かれた。余裕のなくなった顔で乱暴に唇を吸われる。

――身体以上に心が気持ちよかった。身も心も彼と一つになれているということに胸がいっぱいになる。

「ともやさん、だいすき……」

「そんなこと言われたら、今日は乱暴にしてしまいますよ？」

その言葉に、彩は頷いた。するとさらに激しく腰が打ち付けられる。

背中をのけぞらせ、快感を逃そうと必死になるが、それ以上に襲ってくるもので彩はあられもない声を上げた。

「や、やだ、イッちゃ、イッちゃうっっ！」

「彩っ、彩っ！」

ラストスパートをかける腰の動きに自身の中が締まっていくのが分かる。

彩は声にならない声を上げて脚をピンッと張った。

身体の筋肉がすべて張り詰めたように硬直する。

その瞬間、彩の視界が真っ白に染まった。

真っ白いシーツに横たわって、二人は抱き合いながら荒い息を吐いていた。

何度も求められたその場所で、二人はなにも身にまとわぬまま、くすぐったい気持ちで笑みを零す。

「そういえば結局、レン様というのは誰のことだったんですか？　君の周りをいくら探しても該当するような人は出てこないんですが……」

小首を傾げながらそう聞かれて、彩は頬を熱くし視線を逸らした。

——正直に言うのは恥ずかしい。けれど、正直に言わなければまた彼を不安にさせてしまうかもしれない。不安になった彼がどんな行動に出るか本当に分からないのだ。

正直に言ったほうが身の安全に繋がると思い、彩は躊躇いながら口を開いた。

「あれは漫画の中のキャラクターなんです。『初恋パレット』って知りませんか？　その中の蓬生レンっていうキャラクターなんですけど、すごくかっこよくて……」

「……知りませんね」

「ですよねー……」

恥ずかしくて顔から火が出そうだ。

桑羽は彼女の言葉に少しだけ考えるような様子を見せた後、眉を顰めた。

「どうかしましたか？」

「いいえ。別に」

その声色は『別に』という感じではない。どこか拗ねたようなその響きに、彩は首をひねった。

「もしかして、……漫画のキャラに嫉妬していたりします？」

彩の言葉に桑羽の眉がピクリと動く。

「えぇぇぇ！　相手は二次元ですよ？　嫉妬しますか普通？」

「……したらいけないんですか？」

「いけなくはないですけど……」

拗ねたような声色に、彩は困って眉根を寄せた。

――桑羽はたまに子供のように甘えてくる時がある。

それがまるで自分にだけ特別気を許していることの証のような気がして、彩は彼のそんな態度が少しだけ嬉しいのだ。

「漫画の中だろうが、なんだろうが、君の関心が俺以外のところに行くのが嫌なんです」

「わ、わがままですね……」

「わがまま、嫌いですか？」

「いいえ、大好きですよ」

そう言いながら桑羽に抱きつくと、彼も彼女の髪の毛に顔を埋(うず)めるようにして抱きしめ返してくれる。

「もう逃がしませんからね」

「逃げませんから安心してください」

手錠なんてつけなくとも、もう彼から逃げられはしないのだ。

だって、手錠よりも強固な絆がそこにはあるのだから……

書き下ろし番外編

思い出を切り取る

「智也さん！」

その声に振り向いたら、目の前で閃光が弾けた。

それがカメラのフラッシュだと気がついた時には、もうすでに写真は撮られた後であり。目の前には満足そうな顔で、一眼レフカメラの液晶モニターを覗き込む恋人の姿があった。

場所は、二人が暮らしているマンション。時刻はお昼を少し過ぎたあたりで、桑羽は食後のコーヒーを淹れるため、キッチンに立ったところだった。

彩はうっとりと頬に片手を当てる。

「やっぱり、智也さんは絵になるなぁ。驚いた顔しててコレだもん！　かっこいい人は、なにやってもかっこいいんだなぁ」

「なにをしてるんですか、彩？」

呆れたような声で桑羽がそう問えば、彩は悪びれもせず明るい笑顔で「写真を撮りました！」と元気に口にした。

「写真を撮ったのは見れば分かります。でもなんで、いきなり……」

彼女が使ったのは、いつも持ち歩いてる携帯電話のカメラではない。重そうなレンズの付いた、黒光りする本格的な一眼レフカメラだ。こんなもの、なかなか日常で使わない。少なくとも桑羽の常識では、こういうのは『旅行』とか『記念日』とかに持ち出すものだ。

桑羽の問いを正しく理解できているのか分からないが、彩はなぜか少しはにかむように頬を掻いた。

「えへへ。実は、梨花ちゃんに送ろうと思いまして」

「梨花に？」

「はい！　実は最近、『初恋パレット』の新刊が出たんですよ！　あぁ、新刊って言っても、本編は完結してるので、番外編の新刊なんですけど！」

「……あぁ、あれですか」

『初恋パレット』というのは、桑羽に似ているという当て馬キャラクター・蓬生レンが出る、例の漫画のことだ。二人の恋のきっかけになった作品で、彩が桑羽のストーカーになる理由になった作品でもある。

桑羽も彩の趣味を共有したくて一度手に取って読んだことがあったのだが、どうも『いかにも少女漫画です！』というノリが合わず、結局最後まで楽しめなかった作品だ。

　確か、梨花も彩と同じようにあの作品が好きだったはずである。

「つまり、その新刊を留学先に送るついでに、俺たちの写真も一緒に送ってしまうって腹ですか？」

「はい、そういうことです！　さすが、智也さん！　……あ、でも！　私たちだけじゃなくって、他にも色々撮って送ろうと思ってて！　梨花ちゃん、もうあっち行って半年じゃないですか！　そろそろ寂しくなってる頃合いかなって思いまして」

　そんな優しいことを言いながら、彩はもう一度智也にレンズを向ける。

「ってことで、智也さんの写真を送ってイイですか？」

「別に構いませんが、俺の写真なんか送って、喜びますかね？」

「喜ぶに決まってるじゃないですか！　少なくとも、初恋パレファンで喜ばない人はいないと思います!!　リアルレン様ですよ！　リアルレン様!!」

　興奮したようにそう力説する恋人に難しい顔をしたあと、桑羽は「好きにしてください」とため息を吐いた。こうなった彼女は止められないし、止められるとも思っていない。

　それに、桑羽はこういう素直で元気な彼女が好きなのだ。自分の想いにまっすぐで、明るく、優しく、ちょっと頭の具合がおかしな彼女が、囲い込んでしまうぐらいに大好きなのだ。

彩は、特にポーズをつけることもなく、見下ろしてくるだけの桑羽に向かって、何度かシャッターを押した。

一眼レフ特有の軽快なシャッター音が、妙に耳に心地いい。

楽しそうな彩を見ながら、桑羽は、そういえば……と唇を撫(な)でた。

「そうやってカメラを向けられていると、最初の頃を思い出しますよね？」

「最初の頃？」

「ほら、そのカメラ向けてたじゃないですか。俺に」

彩がストーカーをしていた頃の話である。

正確に言えば、レンズはもっとゴツイのが付いていたし、彩もこんな風に堂々とではなく、カーテンの隙間から覗(のぞ)き込むようにして撮っていたわけだが……

その言葉を聞いて、彩は申し訳なさそうに頭を下げた。

「その節はどうも……」

「別に怒っているわけじゃありませんよ。あれに関して言えば、気づいていて放置していた俺も同罪ですからね。……そういえばあれ以来、俺にカメラを向けていませんね」

「まぁ、本物がここにいますからね。……それに、智也さん嫌がるかなぁと思っちゃいまして」

言外に「我慢してます」という感じの彼女に、桑羽はふっと笑みを漏らした。

「嫌じゃないですよ。まぁ、困った顔はするでしょうが、本気で嫌がっていたらそもそも君と付き合おうだなんて思いませんよ」

「え。……じゃぁ、これからも写真撮っていいんですか？」

すがるような顔でそう問われ、桑羽はひとつ頷いた。

「もちろん、いいですよ？　まぁ、頻度は考えてほしいですが……」

「やったぁ！」

子供のようにはしゃいだ声を上げて、彩は両手を上げる。

そして、早速というように桑羽にレンズを向けた。

「じゃぁ、脱いでください！」

「嫌です」

断言すると、彩は満面の笑みから絶望顔になる。本当に百面相だ。

彼女は桑羽に泣きそうな声を出した。

「えぇ!?　どうしてですかぁ!?　さっき撮っていいって言ったじゃないですか！」

「まさかいきなりヌードだとは誰も思いませんよ！　というか、こういうのは日常の一部を切り取るとか、そういうんじゃないんですか!?」

「私と智也さんは大人な関係なので、ヌードも日常です！」

「それを言ったら、俺の裸なんかもう見飽きてるでしょうが。なんでわざわざ写真を撮りたがるんですか！」

「と、智也さんだって前に私の恥ずかしい写真撮ったくせに！」

「アレはああいうお仕置きです」

　意外にも諦めの悪い彩に、桑羽は声を低くする。

「というか、そこまで頼むってことは、脱いだ後のことも責任取ってくれるつもりなんですよね？」

「そ、それは……」

「今日は俺も彩も休みですし、せっかくだから今からどこか行こうと思っていましたけれど。彩がその気なら仕方がないですね。それじゃ、今からたっぷりと……」

「すみません！　遠慮しておきます……」

　雰囲気の変わった桑羽に、彩はおじけづいたように声を震わせた。

　彩はそのまま桑羽の写真を数枚撮っていく。

　そして数分後、ようやく満足がいったのか、「智也さんの写真はこんなものかな」とつぶやきながらファインダーから目を外した。

　桑羽は、彩が写真を撮っている間に淹れたコーヒーで口を濡らす。そんな彼の隣に、彩は腰掛けた。

「でもやっぱり写真っていいですね！」

「……コレクションしておけるからですか？」

いぶかしむような声を出すと、彩は肩を揺らすようにして笑った。

「確かに、そういう利点もありますけど……ほら見てください！」

彩はそれまでに撮った写真を、一眼レフの液晶モニターで再生させる。

そこには、桑羽自身でもあまり見たことがない、柔らかな表情を浮かべる自分が映っていた。

周りの人間からは、彩と付き合いだして柔らかくなったとよく言われるが、なるほどこういうことかと理解した。

その表情を引き出した彼女は、嬉しそうな顔でほくほくと頬を緩めた。

「こうしたら、なんか幸せを切り取ってるみたいじゃないですか？　だから、みんな家族ができたらアルバムなんてものを作るんでしょうね。楽しかった出来事をいつでも思い出せるように、懐かしめるように……」

彩は液晶モニターに映ったツーショットをゆっくりと指先で撫でる。そして、ぱっと表情を輝かせ、桑羽を見上げた。

「私たちのアルバムもこれからいっぱい作りましょうね！　楽しい思い出、いっぱいいっぱい積み重ねましょうね！」

優しい気持ちが胸に満ちて、頬がさらに緩む。

彼女のこういうところを見つける度に、愛おしさで胸がいっぱいになる。

「私たちも、……家族になるんですし！」

そう言ってはにかむ彩を見て、桑羽は彼女を抱きしめたくてたまらなくなった。

しかし、ここで抱きしめたが最後、そのままベッドに直行してしまう気がしないでもない。今日は久々の休みなのだ。彩だけ、桑羽だけ、ならばよくあるが、二人の休みが重なることなどあまりないのだ。彼女が思い出を作りたいと言ってくれるのなら、欲望のまま彼女を組み敷くのはあまり褒められた行為ではないだろう。

「それにほら、いつまでも二人っきりってわけじゃないでしょうし……」

「は？」

一瞬、不穏なことを言われた気がして、反射的に声が低くなった。

そんな桑羽の反応を正しく受け取った彩は、慌てふためくように顔の前で手を振る。

「ち、違いますよ！　『いつまでも二人っきりってわけじゃない』っていうのは、別れるとか、離れるとか、そういう話じゃなくて！」

「じゃぁ、どういう話なんですか？」

明らかに不機嫌になった顔でそう聞けば、彩はさらに恥ずかしそうな顔つきになった。そして俯き、桑羽から顔を隠す。

「ほら、結婚したら、その、作るかもしれないじゃないですか。こ、子供とか……」

「……子供……？」

「だから、できるだけ二人の時間も大切に保存しておきたいというか……」

驚く桑羽を見上げてくる瞳が、わずかに潤（うる）んでいる気がする。

あぁ、もうダメだ。

そう思ったときには、もうことは始まってしまっていた。

互いが互いを求め合って、快楽に溺れたその日の夜。

桑羽は彩の身じろぎで目を覚ました。枕元にある時計で時刻を確かめてみれば、もう十二時を軽く回っている。隣には、幼子のような顔で眠る恋人の姿。

額（ひたい）に汗を浮かべる彩に申し訳ない気持ちを抱きながら、桑羽は彼女の額に張り付いた前髪をはらう。

（可愛い……）

それが素直な気持ちだった。

彩の寝顔は桑羽の幸せの象徴だ。いつまでもこの寝顔を見ていたいと思うし、側にいたいとも願ってしまう。

その時、昼間の彩の言葉が桑羽の脳裏をよぎる。

『ほら、結婚したら、その、作るかもしれないじゃないですか。こ、子供とか……』

『だから、できるだけ二人の時間も大切に保存しておきたいというか……』

桑羽はおもむろに、枕元に置いていた携帯電話に手を伸ばした。そして、彼女に向かってカメラのシャッターを切る。作ったようなシャッター音に、カメラの近くにあるライトが一瞬だけ光る。

そして、画面に映ったのは――

「ふっ――」

間抜けな恋人の寝顔だった。見たままの彼女を切り取ったその絵に思わず口元を覆う。

（確かにこれは……）

「いいかもしれないな」

思いが声になって唇から転がり出る。

今まで写真を撮ることにそれほど思い入れはなかったが、こんな風に彼女との甘い思い出を切り取っておけるのなら悪くない。むしろ、いい。すごくいい。

『もう！　なんでこんな恥ずかしい写真撮るんですか！　やめてくださいよー！」

この写真を見せた後の、彩の泣き出しそうな顔を想像しながら、桑羽は彼女に向かって、もう一度シャッターを切るのだった。

恋愛小説「エタニティブックス」の人気作を漫画化！
EC
Eternity COMICS
華麗なる神宮寺三兄弟の恋愛事情
漫画 黒ねこ
原作 秋桜ヒロロ
話を…んっ
ヒョイ
えええええ!?
しっかり躾けとかないとねっ…！
華麗なる神宮寺三兄弟の恋愛事情
漫画 黒ねこ
原作 秋桜ヒロロ
敏腕社長の長男
有能な跡取りの次男
人気モデルの三男
どの御曹司に愛されたい？
神宮寺（じんぐうじ）――日本有数の通信会社を営む華麗なる一族。その本家には、三人のイケメン御曹司たちがいる。自ら興（おこ）した会社の敏腕社長である長男・陸斗（りくと）、有能な跡取りとして次期社長の座を約束されている次男・成海（なるみ）、人気モデルとして活躍する三男・大空（ひろたか）。容姿も地位も兼ね備えた彼らが、愛しいお姫様を手に入れるために全力を尽くすけど……？
B6判　定価：704円（10％税込）　ISBN 978-4-434-28867-8

本書は、2018 年 6 月当社より単行本として刊行されたものに、書き下ろしを加えて文庫化したものです。


この作品に対する皆様のご意見・ご感想をお待ちしております。

おハガキ・お手紙は以下の宛先にお送りください。

【宛先】

〒 150-6008 東京都渋谷区恵比寿 4-20-3 恵比寿ｶﾞｰﾃﾞﾝﾌﾟﾚｲｽﾀﾜｰ 8F
（株）アルファポリス　書籍感想係

メールフォームでのご意見・ご感想は右のＱＲコードから、
あるいは以下のワードで検索をかけてください。

アルファポリス　書籍の感想　検索

ご感想はこちらから

エタニティ文庫

観察対象(かんさつたいしょう)の彼(かれ)はヤンデレホテル王(おう)でした。

秋桜(あきざくら)ヒロロ

2021年11月15日初版発行

文庫編集－熊澤菜々子
編集長 －倉持真理
発行者 －梶本雄介
発行所 －株式会社アルファポリス
〒150-6008 東京都渋谷区恵比寿4-20-3 恵比寿ｶﾞｰﾃﾞﾝﾌﾟﾚｲｽﾀﾜｰ8F
TEL 03-6277-1601（営業）　03-6277-1602（編集）
URL https://www.alphapolis.co.jp/
発売元－株式会社星雲社（共同出版社・流通責任出版社）
〒112-0005 東京都文京区水道1-3-30
TEL 03-3868-3275
装丁イラスト－花綵いおり
装丁デザイン－ansyyqdesign
印刷－中央精版印刷株式会社

価格はカバーに表示されてあります。

落丁乱丁の場合はアルファポリスまでご連絡ください。

送料は小社負担でお取り替えします。


ISBN978-4-434-29601-7 C0193